樂 府

.

心里滿了,就从口中溢出

金克木 著

难忘的影子

目录

一　双回门 / 〇〇一

二　真假信使 / 〇〇九

三　风雪友情 / 〇一五

四　游学生涯 / 〇二八

五　少年漂泊者 / 〇四三

六　一板三眼 / 〇五六

七　家庭大学 / 七〇

八　课堂巡礼 / 〇八一

九　苦闷的象征 / 〇九八

十　双重人格 / 一一四

十一　春灯谜 / 一二八

十二　岁寒三友 / 一三九

十三　幻想新村 / 一五一

十四　寒山绿萼 / 一六七

十五　数学难题 / 一七九

一　双回门

　　一九二八年八月里一个早晨，在Ｓ县城的南门口外，停着一辆独轮车。车上放着一卷行李，一口皮箱。车旁站着一个十几岁的女学生。她上身是一件白上衣，袖子刚到肘弯下一点；下身是垂到膝下的黑裙子；脚上穿着胶底白球鞋。她一手掠起被风吹散的短发，同时目不转睛地对城门里张望，仿佛是等什么人。

　　正好从城里又出来了一辆同样的独轮车，同样在车上放着一卷行李，一口皮箱。车旁跟着走的是一个男学生，又瘦又小，看来也是只有十几岁，同女学生高矮差不多。

　　女的一见就赶上前去，说：

　　"是去南乡吧？我们一同走。用你雇的车。我的车只雇到这里。车钱给过了。"

　　男的一声不响，看着车夫把行李、箱子搬过来放在一辆车上。

　　两人都不坐车，并肩跟着车走，互相间却保持着相当的距离。

　　早晨进城出城的人不多。两人不说话，只听着独轮车的轮子吱吱呀呀地响，大概轮轴需要上油了。这种平板独轮车土话叫作"土牤牛"，也许是由于这种叫声起的名字。

　　路两旁的房舍越来越稀稀落落，田地和树木越来越多了。路上来往的和下田地去的人也多起来了。

男的一眼都不看女的,女的却不时偷眼望望男的,好像对他的平头短发和蓝布长衫感到什么兴趣。直到约莫走了七八里路,将近一个小时,前面出现好像是什么村镇的样子,女的才低声对男的说了一句:

"不说话不好,怕会引起怀疑。"随即大声问车夫:"前面到什么地方了?"

"九里沟。九里沟,十里铺,神仙难走这条路。"车夫两手握把推着车前进,随口回答。

"怎么不好走哇?"还是女的问。

"从九里沟到十里铺,说是一里路,三里也不止。"车夫推着车,头也不回。

男的这时才望望女的,嘴里咕噜一句:"真奇怪。"

"你没到过乡下,是不是?"女的问男的。

"没到过南乡。"男的想着自己不止一次到北乡去上坟,最近还往北走过一次,可是嘴里没说,答话时也不看女的。

"那你到过哪乡?"女的笑了。

"北乡,还有西乡。"男的想起两年前北伐军来到时攻打县城,他先期逃往西乡亲戚家的事,可是仍然没有说出来。

"你看到城西湖了?湖里有水没有?"

"没见到。只见到一片庄稼,不知哪里是湖。"男的这时才多说了一句话。

车夫插嘴了:"城西湖的地两块钱一亩还没人要。庄稼长得好好的,大河(淮河)一涨水,什么都淹了。可是要赶上一年不发大水,那就是大丰收。湖底的地肥着呢。可是哪年不发大水呀!"

男学生忽然想起,自己有两个表哥就住在九里沟。二表哥还不大见面，大表哥却是常进城到家里来的。倘若路上碰见了，那可不好。他觉得不妙，连忙加快了步伐，不知不觉赶到车的前头去了。

"你跑什么？像有人追你似的！"女学生发话了。

男学生被这大声嗔怪唤醒了。他停下脚步，回头一望，只见那女学生只稍微走快些，赶上了，和车子并行，一脸不高兴。他只好等两人到一起时才举步。两人又放慢步伐，跟在车夫身后远些。这时他才低声说："我的表哥住在九里沟。"

女的扑哧一声笑了。

"那怕什么！我当是有什么大不了的事。"她反而提高声音，好像有意让车夫听见。

男的无言可对，只心里着急。幸好所谓九里沟远看像村镇，实际只是有些人家住得略微稠密些，又都不在路边。路仍是穿田野过去的。他们很快就向离十里铺剩下的那一里进发了。

"你怎么一眼就认出了我？我还怕不认识你，要在城门口找呢。"男的问。

女的笑了起来，说："我早就认识你了。我们住一条巷子，谁不认识你呀？小孩子穿长袍马褂，戴红顶子瓜皮帽，常常跑到我家门口那边的桥上东张西望。远看像个小老头，近看像个泥娃娃。"

男的觉得被揭了底，受了侮辱，又不知道怎么反击。

"我哥哥常提到你哥哥，他们都是教书的。"女的接着说。

"我哥哥可没有提你哥哥。他们教的是两所小学，不在一起。"男的极力表示疏远。

两人又都沉默下去。他们谈话时声音很低。

"前面就是十里铺了。"车夫提醒他们说。

原来十里铺只是个小小的集镇，有几户人家，可以远远望见。

"望见在前面，还得走一两里路。"车夫补充说。

不知是车夫走快了，还是他们走慢了，中间的距离更拉开了。女的不客气地望着男的，问：

"你有十七岁吗？"

男的又感到受了侮辱，不由得脱口而出：

"你有十七岁吗？"

一下子两人都失笑了。

"我准是姐姐。你几月生日？"女的问。

"怎么？你问我生辰八字？"男的不假思索就说出了口。他本来只想到要生辰八字是为了害人，好像《封神演义》上射死赵公明那样；不料话一出口，忽然想到对面是个女的，要生辰八字就联上婚姻了，不由得脸上发起烧来。

"不理你了。这么坏！"女的声音很低。

男的连忙转脸对女的想讲赔不是的话，却看到女的一张脸全红了。他的赔罪的话也不知怎么说了。这时他才看出女的鼻子旁还有几粒麻子。白脸变成红脸，麻点格外鲜明。他从来没有同年纪和自己差不多的女的在一起。姐姐比自己年纪大一倍还转弯，侄女比自己小了十岁以上。这次面对和自己一样大的女孩子，是生平第一遭。他一意识到这一点，不觉手足无措，拙口笨舌，脸上更发烧，自己知道一定红得不在女的以下。这一点女的自然也发现了，尽管她并没有转过脸来。

"走慢些。这个样子，被人看见，多不好。"她的声音低得只有男的一个人听得见。

车夫在前面一家茶棚前把车子放下，回头一望，男女两个还离得远。他笑了笑，自己在一张桌子前坐下。对着茶棚里的老太婆用手朝后面指了指。老太婆拿过一把茶壶，三只茶杯。

男女两人彼此望了望脸孔，觉得不那么红了，才走向茶棚，但还是有点磨磨蹭蹭。女的脸上并没有怒容，却在眼睛里讲了话。男的不大懂这样大的女子的眼睛说的话，猜想是叫自己小心，便照旧不言不语。两人默然在车夫的桌边坐下。车夫给两人各斟了一杯茶。

不料茶棚里的老太婆对他们发生了兴趣。远远望了一会儿，见他们一言不发喝闷茶，就走了过来。走近了才看出她虽是乡下老人打扮，论年纪也不过四十多岁。

"从城里来吧？今天天热，到晌午就不好在太阳底下赶路了。还有多少路呀？"

"到三十里铺，不远。"车夫代答。

"我到团城子。"女的不经考虑就赶快声明。

"团城子就在三十里铺旁边不远，到不了晌午就到了。别着急，慢慢走，多歇一会儿。"这时茶棚里只他们这一张桌子有客人。老太婆索性坐下来聊天了。她好像是同车夫讲话，眼光却不断打量那两个男女学生模样的人。又看到车子上的行李是两份，她凭着职业的兴趣和习惯，正在估量这一对客人。俩客人总是不开口。她同车夫讲了一阵，仿佛恍然大悟，认为三十里铺和团城子指的是一个地方，便用自言自语的口气说：

"今天是黄道吉日，正好双回门。"她没有感觉到这句话引起什么变化，自以为猜中了，或则话中有话，自己暗示得对，又接上一句："大吉大利，一准早生贵子。"

本来听的三个人并没有一下子明白她的意思；这后一句话一出来，叼就情况大变了。

"我们是去教书的。"男女两个不约而同，同声回答。

"他们一个到三十里铺，一个到团城子。"车夫也明白过来了，替他们加了一句解释。可是为什么不一起上车，却要一个等一个呢？车夫有自己的解释，这时才问出话来，想核实一下："你们是一个住北城,一个住南城,才约好在南门口会合吧?"车夫的话也好像是表示自己并没有什么疑心。

"对了!"女的抢先回答,眼睛对着男的,只怕他说错了话。可恨这个男孩子第一次和同年龄女的在一起,不懂她的眼睛语言;只知是眼睛在说话,却不知说的是什么,觉得比外国话还难懂。他更加张口结舌,全权委托女的办外交了。

可是两人的脸色无法隐蔽,而且男的所不明白的女的眼睛语言,老太婆和车夫倒是好像一下子明白过来了。他们两人对看了一眼,不禁一同放声大笑起来。

这两个学生突然觉得秘密被人识破,脸色猛然由红而白,反而正常化了。

其实这两个人住在一条巷子里,相距不过一两百步。他们害怕被揭穿的秘密和车夫同茶棚老太婆一同会心的秘密完全不是一回事。他们隐瞒的是公事,而被人猜出来的是私事。

这是前一天的事。那个男学生被一个和他联系的人找到外面去,对他说:

"你去教小学的事,家里答应了,都准备好了吧?哪天走?"

"都准备好了。想明后天就走。"

"好。你那巷口朝着麦地的那家姓吴的也是小学教员,你知道吧?他的妹妹也去教小学,同你一样;不过不是一个学校,离得不远。现在为了安全,决定让你们两人一同走,结个伴。不过都不要让家里知道。她先到城南门口等你。她说她认识你,不会错。你们两人是邻居,两人的哥哥又都是小学教员,你们又同去南乡教小学,相去不远,这样,一同走,比她孤身一个女学生下乡要好得多。不过注意,你们只是邻居、同事、朋友,不是同志,不准发生横的关系。记住了,后天一早走。我跟她讲好了。我不来送你们。那边两处学校都打过招呼。放心去吧。你去的小学校长姓史,他负责那一带农运工作。一切听他安排。这个女的,你只负责送到她的学校,其他一概不管。注意路上不要引起疑心。要像本来很熟识的,不过也不要过于亲密。好了,就这样。"

男孩子听时心头有一种仿佛自己要当保护女性的侠客一样,没有想到别的。见了面才觉得不对劲,自己并不具备英雄气概。后来反倒像是《儿女英雄传》的安公子遇上十三妹一样,更加心里又不服气,又不争气。茶棚中发觉被人怀疑成"双回门",简直不知如何是好了。他还不了解"双回门"是个幌子,另有含意。

大概是同样十几岁的孩子,女的总比男的老练些。经过茶棚这一次锻炼,女的反而镇静下来了。她同老太婆居然攀谈了几句,半明半暗表示她仿佛是护送小弟弟上学校去的。这使男孩子大大损伤自尊心,却又无可奈何,只盼快点离开。好容易车夫把茶喝足了,站起身来。男女两个赶快退出战场。女的还向茶棚老太婆付茶钱后作出了告辞的姿态,男的却像败军之将逃上了路。

走了一段路,女的对男的耳朵说:

"我说你是弟弟不是?你怎么这样沉不住气?想想我是干什么来了。要是真被人识破,怎么办?"

男的受埋怨,又急又气,又怕车夫听见更要疑心别的,又怕耳语更引起人怀疑,简直不知怎么回答,急得嘴里不知怎么吐出一句话:

"那你为什么脸红?"

女的把眼一瞪,半晌不吭声。男的知道话说错了,不敢抬头。终于女的说出话来:

"你脸不红?你不知道要保守什么秘密吗?怎么这么笨!"

男的才明白,她脸红反而好像是有理的掩护,不料自己的反攻这次又失败了。

可是两人由此倒熟了起来，路上有说有笑了。女的已经看穿了男的不过是个大孩子，不必当他是个男人。男的也敢望女的脸了，觉得那几粒麻子倒像是不可缺少的点缀，衬托得一张白脸更加好看。他觉得女人没有什么特别，自己仍然是男子汉，绝不是什么安公子。

这样先到了团城子小学。一进校门就看见出来一个二十来岁的青年。他笑着迎上前来，对女的说。

"我等你半天了。怎么现在才到？一路上累不累？"他仿佛忽然发现了还有个男的，脸色一变。没等他发问，女的便说："他是去三十里铺小学的。我们同路来的。"转过脸来问："你进来歇歇吧？"

幸而车夫救了驾，说："没多远，赶到那边再歇脚吧。我下午还得回城呢。"

车夫早已感觉到自己没看错人，是茶棚老太婆猜错了。不但不是"双回门"，走亲戚，也不是私奔，两人什么瓜葛也没有。这个男孩子怕不过是给人送亲的。

他猜的这一点果然不错。不到半年，便见分晓。

不过这两人为什么要结伴走，好像是一对，却是谁也猜不着的，这是秘密。

二　真假信使

在"双回门"误会的前一个月,正是七月(旧历六月)大暑天,那个男少年匆匆忙忙在县城西北乡的大路上向前奔。他脱下长衫,把衣襟顶在头上挡太阳。右手拿着一把破芭蕉扇,左臂扛起长衫,左手中紧捏着一卷纸。身上的小褂裤都浸湿了汗水。他匆匆赶路,最难受的是口渴。他中午在一个路边小棚里慌慌张张吃了点东西充饥,却忘了把水喝足。到下午天气更热,一点风也没有。四周都是麦地,已收割完毕。望不见一口井,一处池塘,一道河沟。这和南乡种稻田的情况全不一样。渴比饿更难受。算算六十里路才走了一大半,还会有二十里要走吧。连树木都稀少,很远的地方才好像有房屋。怎么办呢?越着急,越走快,越渴。怎么这么荒凉啊!

绝处逢生,猛然看见那一边地里好像有一道沟。走到附近时,果然是一道有水的沟。水又浅又浑浊,那也顾不得了。不管是什么水,先下到沟坎里喝一点。

他放下长衫和纸卷,在沟坎里水边蹲下。看看水确是还在慢慢流着的活水。他连忙俯身用双手捧起一点水来。幸好水底泥沙还没有浮到面上,至少看来还同河水差不多。他喝了一捧又一捧,好比咽下了清泉甘露。这时才想起来小学里学过的卫生常识,决心不再多喝了。

喝过黄色的水浆后,他站起身来,又有力量前进了。

到达目的地附近时已经是夕阳西下了。

快到一座大村边,人也多起来了。他向人打听白塘庙。被问的农民模样的人向他略略打量一下,说:"这里就是白塘庙。你找什么人?"

"我到小学堂去。"

农民用手一指,说:"那边白粉壁墙就是小学。"

他连忙赶过去。果然有个大门,门里是一所大院子,门口有块牌子挂着,写明是小学。大门开着,望见院子中间摆着一张桌子,几把椅子。桌上有茶壶、茶碗,桌旁有几个人站着,坐着,男女都有。显然是已经放了学,学生都走了,剩下的一定是教员。

他好像回到了家一样,一直跑进去。他的样子大概很奇怪,满头大汗,一身灰尘,扛着蓝布长衫,看不出是干什么的。院里几个人都露出惊奇的脸色。还没等他们问,他就连忙声明:

"我是从S县城来的,来找王校长有事。"

站着的一个高个子瘦瘦的男人,约三十多岁年纪,对他说:"我就是王校长。你有什么事?"

他连忙把那一卷纸交上,没有答什么话。

坐在桌边的两个女的也伸过头来看。一打开纸卷,原来是一叠油印的传单,还有一张纸,上面潦潦草草写着几行字。

一看这些纸,几个人脸色大变。那位校长只向写着字的纸上扫了一眼,立刻转身一把抓住男孩子的手臂,大喝一声:

"你是什么人?哪里来的?这是些什么东西?你从哪里弄到的?谁叫你来的?快说实话。"

送信人大吃一惊,完全出乎预料;幸而一惊之下,倒还镇静,把另外为别的情况准备的一套拿了出来。

"是别人叫我送来的。我什么也不知道。"

"别人是什么人？"

"是我的同学。"

"他叫什么名字？"

"叫陈支。"

"我不认识这个人。从没听说过。你知道你送的是什么东西吗？"

"我不知道。"

"这种东西能乱给人送吗？快说老实话。什么人派你来的？"

"说了是陈支。不信，你去S县城问去。"

因为这里已经是F县，所以他特别说明，表示自己不是本地人。男孩子出乎意料地镇静。这也许是他有一股自命能临危不惧的英雄气概，时常照小说和历史中英雄人物想象自己应当能视死如归；也许是一下子出现意外情况把他吓得反而不慌不忙了。他决心咬牙否认到底，心里想象着会被关押，审讯。"那也不能透露一个字。"他想。

这时王校长又看了一遍那张纸条。上面不过是写的"白支：送上急件，请速散发。此致敬礼。陈支"。那油印品早已被两个女的各执一张在阅读。不知什么时候出来一个更年轻的女的，她也拿了一份，站着看。王校长松开了抓住人的手，也拿起一份来看。本来他们都只是看见题目是个宣言，这时才注意内容。头一句就是，什么主义怪物徘徊到什么地方来了。这是套用《共产党宣言》当时旧译本的头一句。

这些油印品是什么，男孩子心中一清二楚。虽不是他刻印的，但去掉木框的一块钢板和一支刻油印蜡纸的钢笔还藏在他家里。他只刻过一张骂国民党的顺口溜："党外无党，帝王思想。党内无派，千奇百怪。……"因为写的字不好看，不要他刻印了。这些油印传单是号召工农起来暴动的宣言。预定在这一两天内两县一齐散发，造成声势的。这是不久前一位省里来的戴眼镜的"特派员"的讲话的结果。那位同志用浓重的南方口音讲了全国革命高潮马上就要来到，当前要迅速扩大组织，造成声势，收集武装，准备暴动。于是力量还小就做出浩大声势去引起注意。结果当然是人民注意了还不明白，反动派倒是随着注意就加强了镇压。事实上这时中央已开始纠正偏向，但几个月以后这里才见到"中央通告"批评盲动主义。发出传单时大家还正在热情洋溢的革命高潮思想之中。亏得这里地方偏僻，上面的反动势力还顾不得管，当地的土豪劣绅又不大懂怎么管，所以激烈冲突才延迟到三年以后。

王校长等看了文件，互相望了望，空气顿时松缓了下来。文件不是假的。男孩子身后也没有跟来什么人。这是一九二八年，还没有什么"统"、什么"统"的所谓"特务"新玩意儿。他们想，以他们在学校以及地方上的地位和力量而论，估计也不至于马上会出什么事。只是不知道"陈支"这个代号；因为这是新成立的"城内支部"，还没通报到这里。写条子的人也是新人，本来只是个"交通"，还不知道怎么写县委书记的代号，就写了新支部的代号。原是该他送的，他认识这里的人；但临时有事，他便写个条子，教这少年代跑一趟。不料发生误会，而且一误到底，无法转圜。

"你坐下。你是个小孩子，上了别人的当了。这是什么东西，怎么能随便给人送？这是要捉去坐牢杀头的，知道不知道？"王校长居然和颜悦色了。他心里明白，事不错，人错了，以为这孩子会说出实话，便盘问两句。一男三女密切观察这个大孩子的脸色；但并不是存心考验他。

"不知道，我什么也不知道。"男孩子咬紧牙关，决不改口。

"你们县里有个姓邵的,你知道吗?"

问的是 S 县委书记的代号的姓,可惜男孩子只知道书记的公开露面的身份和姓名,却没人告诉过他的代号。

"不知道。"

"真不知道?说实话。我们认识他。说了不要紧。"

男孩子紧张起来。他想,这不是套问我口供吧?怎么这几个人靠不住了?若真是这样,怎么通知那边呢?他来以前早就知道,听那个"交通"说过,这里有岳家三姊妹,校长是地方上有名人物。三姊妹只有小妹还未出嫁。这些人全去过上海、广州、武汉,都是同志。岳家姊妹的丈夫连校役和周围有些农民都是通气的。万没想到会出这样大的变化。

"不知道,没听说过姓邵的。我只认识陈支,他是我的同学。"他以为讲"同学"就是讲"同志"的代号,却不知并无效果,对方并不认为他讲出了什么暗号。

"好了。别讲了。这些东西我收起来毁掉吧。以后别再干这种蠢事了。"年纪大些的岳大姐出来收场。

"你要是玩什么鬼花样,我们白塘庙可不是好惹的。"岳二姐讲的话像警告,声音、语调却是温和的。

"还吃饭不吃饭了?我去叫老张把饭菜都端到这院子里吃吧。屋里实在太热了。"这是岳小妹说话。

王校长没说什么,可是亲自进去端出一个脸盆和一块毛巾,叫男孩子洗脸,洗过脸一同吃饭。

"我要喝水。"

岳大姐立刻倒茶。他一连喝了三杯。

饭中、饭后、乘凉时,大家都不再问答有关送文件的话,只是弄清楚了男孩子只知道走大道向西北方一路问过来,不知道走另一条近路；结果是名为六十里，本可只走五十里，他却走了差不多七十里。路上还喝过沟里的泥水。

几个大人互相望望，心里有点叹气，不知那边怎么干出这样的事。只有岳小妹觉得没有什么，和他谈笑，问他哪里上的学，家里有什么人，等等。但他还是紧张的，没全说实话。

男孩子睡下后一夜没醒，醒来时已经红日满窗了。

早饭后，王校长亲自送他走了很远，并指示他走近路。临别时才告诉他："回去对你认识的陈支说，他必须去对姓邵的讲清楚，糊里糊涂叫你这个小孩子送危险东西太不成话了。你就说是我叫你说的。记住了没有？"他的神态很严肃。他已经相信这孩子不是假冒的了，而且认为这孩子不错，大有希望。这也是昨夜开会的结果。

"好。"男孩子并不明白，只知道这不是恶意。

"好。回去路上有钱吃饭吧？饭可以不吃热的，水一定要喝开水。再不要喝沟里的脏水了。岳家几个姐姐叫你有空来玩。你有空就来玩吧。以后可别再糊涂了。天不早了，太阳晒得厉害，我这顶破草帽给你戴去吧。"

男孩子戴着草帽到进城门时才把它丢了，怕被人问帽子的来路。就这样，还是回家后闹了一场不小的风波。他撒谎说是到东乡一个同学家去玩了两天。家里人谁也不相信。为了他失踪，家里找寻得几乎全城都知道了。各种各样的猜测全有。他回家后，哥哥问过一次便不再问，妈妈却背着人流泪询问并警告，再三再四。

也许是因为这次事件才把他列入了派下乡去教小学的队伍中，可是又让他和一个女的同走，再一次惹起了满城风言风语。不过没有几天，这些事也就被人忘了。

三　风雪友情

　　这位来教小学的小学毕业生到校时只见到史校长和一个看门兼做饭的工人。史校长有三十来岁，态度严肃，总像有什么心事。相处半年，见面不多，少年总记不起什么时候曾经见他大笑过。那位校役约有四五十岁，是农村的人，很少讲话，做完分内的事就回他的小屋去吸旱烟，诸事不问。有闲空，他晚上回家去。他没有固定的星期日和假期，同打长工一样。摇铃、擦黑板、打扫教室和教员寝室等杂务都是老师和学生自己动手。工人只管扫大院子。校舍是一所破旧的大庙，主要建筑只是一座大殿，算是各班共同教室。殿两旁隔开的两小间屋，一边是校长卧室兼办公室，一边是教员卧室。中间是吃饭等共同活动的场所，用板壁和后面大教室隔开。大门口两边还有几间房屋是工人卧室、厨房、粮库。当时学校经费是靠收"学田"的租谷；至于县政府收的"地丁钱粮"中的"教育附加"税是摊不到乡村小学用的。

　　几天内又来了两位教员。一位姓石，是黄花岗七十二烈士中本县一位石烈士的本家侄子。一位姓王，曾在武汉进过什么干部学校，大革命失败，才回家来。姓石的好像也去过武汉或则广州，但他自己从来不讲。三位教员到齐后，史校长把大家召集在一起，宣布成立小组，他是组长。然后把各项工作一一安排，说是粮食和本月伙食费用都已交给那工人，开学日期一到，一应教学事务都由三位教员自己管。他另有重要工作，等不到开学就要走开。

校长已走，学生未到。王老师总爱弹风琴唱"老头陀，古庙中，自烧香，自打钟"的《道情》。石老师身体不好，总爱躺在床上，也并不睡觉。他们都比这个小老师大几岁年纪，又多了不少阅历，有时对他讲些故事，据说都是真的，但听的人总以为半真半假。有一天王老师忽然板着脸问他：

"你读过《共产主义ABC》没有？"

"没有。"

"没读过《共产主义ABC》怎么能是共产主义者？我来教你。"

"书在哪里？我去拿。"

"你拿不到。书在这里。"王老师用手掌拍一拍肚子。石老师斜靠在旁边的破藤椅上，笑了起来。

"这本书是危险物品，怎么能带来带去？我一章一章、一句一句背给你听。好好用心记住。第一章，商品。"

"怎么？你把全书都背下了？"

"那是当然。"

小老师也不感到惊异，因为他早就背过古书和一些白话文。不过还没有背诵过犯禁的翻译外国人的书。第一章的题目"商品"，他就不懂。可惜王老师的背诵和讲解开始没有多久就开学，只匆匆说了全书大意，没有工夫也不可能再这样大声讲什么"价值""价格""资本"了。不过这种背诵违禁书和文件的习惯倒是同背古书一样起了作用。后来纪念广州暴动一周年的"中央通告"的美丽的慷慨激昂词句，什么"退兵时的一战"论断，还有"六大"文件的"十大纲领"之类，都是先背诵然后把油印本转出去或则烧掉的。

眼看就到冬天了。史校长把这个小老师叫进了自己的屋子，对他说：

"现在有件非常重要的紧急事，我不能亲自去，只能你去办，听我讲完马上出发。你的课我来教。注意听清楚了：先到团城子小学，那里有一位毕校长等着你。什么介绍信都不能带，你只要对他说是我叫你去的就行了。一切听从他的。他会带你去堰口集。他是那里的小学校长。在那里，这一两天内有一次重大会议，不过并不要你参加。一切由毕校长主持。我亲自去，立刻会引起注意。只有你能去。毕校长会把结果告诉你。你立刻回来向我报告。任何文字记录都不许有，只凭心里记。明白了吧？立刻出发。到团城子只找毕校长。对任何人，不论是谁，都不能说你的事，不能提到我，只除了对毕校长一个人。有什么不明白的没有？好！快走。现在刚吃过午饭，正是时候。早了他没到，迟了他就走了。他就在学校门口，不能久等。"

小老师悄悄走出校门。学生都中午回家了。老师和工人都在自己屋里。他快步溜出村子，向团城子进发。

刚到团城子小学门口，只见一个约莫三十岁的穿着长袍的人站在那里。没等他开口，那人便问："你是哪里来的？来找什么人？"他刚说出是来找毕校长的，就听那人放低声说："我姓毕。谁叫你来的？""史校长。""好，随我马上走。"

不由分说就上路。团城子小学也是学生回家，先生在屋，没有人见到门口这不到一分钟的会见。两人一路走，谁也不说话。不料这位毕校长身高体壮，一步至少有这大孩子的一步半，没走几步路就把他抛在后面。他连赶带追，毕校长头也不回。出了村子，两人之间已经隔了一截路。毕校长仍然大步流星往前走，好像后面没有人同路。因为已经到了田地里，没有树木和庄稼，又是深秋初冬时分，空荡荡的，不怕毕校长跑得无影无踪，所以他也不再着急追了，只远远盯住那个大个子。走了几里路以后,毕校长的步子放慢了,可仍不回头看。直到走出十里以外,大人才让小孩子赶到约莫一丈开外之处。

毕校长站住了,回头了,笑呵呵地说:"累坏了吧?亏你赶上了。现在可以一起走了。"原来他是有意撇开同伴的。

"现在已经走出快十五里了。还得走十几里,走得动吧?天冷,出点汗不要紧,只是不要被风吹。"毕校长用手摸摸同伴的头,看看没有什么汗,很满意,说了句:"不赖。"

又走了一段路。毕校长忽然脱下了长袍,往肩上一扛。这时露出了他身上挎着的一件东西。他一伸手把那件东西举起来,问:"认识吗?"

"盒子炮(长筒手枪)。"

"会打吗?"

"不会。"

"我打一只鸟给你看。以后我可以教你打靶子。"

"还是不要放吧。"

"怕什么?这里是我的地界了。"

"不是怕,是不想你浪费一颗子弹。"

"那好,不打了。"

"要打,也得穗子撩高些(往天上打枪)"。小孩子不由得卖弄一句新学来的江湖黑话。

"哈!你还会两句。告诉你,会不全,就不要卖弄。三句话答不上来,就会闯大祸。你懂不懂?干这一行,不是靠嘴皮,是靠本领,靠名声。黑话人人会学,单会这个只能唬外人。无论什么帮会都有自己的特殊东西不教外人的,不是光靠讲话。比如说,在这一带,提出我姓毕的,不会讲一句黑话也过得去。不知道我姓毕的,再能说会道也不行。越讲得好越引人疑心。若是讲不全，一出漏洞，就坏大事。记住了？干大事不是耍嘴皮子。尽管我有这个（他一拍手枪），在团城子也不能露相。靠嘴上几句话是不管用的。那是编故事或则闲谈的人用的。"

毕校长这番教训给了他很深印象。史校长很少对他这样教训过。两人都是实干派，但表现性格大不相同。

到了毕校长的小学，天已经阴了下来，不过黄昏，已像黑夜。呼呼的北风也吹起来了。

小学中有个姓李的教员是他的小学同学，也是同年，毕校长就安排他俩住一起。只有一张床，只好"倒腿"（每人头朝另一边，同铺）。怕夜里下雪太冷，被不够暖，李对他说："不要紧，挤在一个被窝里也行。"

吃完晚饭，毕校长嘱咐他们不要出屋，不论听到什么响动都不要管。早早睡下，一切明天早上再说。这一夜是重要关头。什么关头，当然他不说，也不必问。

这一夜大风大雪。两个小同学睡在床上谈天，讲毕业后几年的情况，可是一句没有涉及当晚的大事。两人都不知道是什么事。一觉睡醒，雪停风止，太阳从云中时隐时现，房檐上滴起水来了。究竟是没到严冬，雪下得早，也化得快。

起来后吃早饭时，毕校长一言不发，面色阴沉，和前一天大不相同。

早饭后，天晴了，毕校长告诉他立刻回去。化雪，路上泥泞，给他一双旧棉鞋。鞋大些，用绳子绑一绑，叫他慢慢走，小心别滑倒。雪深，又给他一根棍，探着路走，莫掉进路旁沟里。都嘱咐完了，没说一句正事。李去上课了。毕校长一人送他到校门外，又讲了讲回去的路怎么走。然后，他昂起头来，看看天色，嘴里咕叽几句，先高后低，忽高忽低：

"霜后暖，雪后寒，现在还不算冷，快点趁有太阳走，说不定下午还会阴，尽快在中午赶到才好。见到史校长说我问他好。（低声）谈崩了。（声音高起来一些）你认识路了，有空来玩。（又低声）谈不拢，完了。（又高声）快走吧。（低声）快撤。"说完，转身进校门。

本来不知道这位校长为什么要这样演戏，这时才明白了。不但门前有人走过来，而且斜对面的一座大门里也走出来人。这时校内校外到处都有人。毕校长的名声大，明的事不怕，暗的事不能不处处提防。带武器不要紧，这里不稀罕。土圩子里有的是长枪、短枪，甚至迫击炮。但是昨晚上的事却不一样。

他赶回学校，两脚和两腿都成了泥糊的，身上也沾了不少泥。尽管有根棍，仍然滑跌了几次，幸好没有掉下沟。

史校长等得不耐烦了，一听声音，跑出屋门，一把拉他进屋。这时正在上课，没有人看见。

"毕校长说：'谈崩了。谈不拢，完了。快撤。'就这几句话。"

史校长眉头一皱，吁了一口气，伸头向门外一望，转身把他推出去，说："快回屋，把泥鞋、泥衣裳都换掉。你到什么地方去，做了什么，对任何人也不许说。"

他换好罩衣、罩裤、鞋袜，再出来时，史校长门上一把锁。他不知哪里去了，饭也没吃。

两位老师下课进屋，一句也没有问他昨天到哪里去了，只说天气冷了，问他衣裳够不够，要不要回家去取。

这年冬天雪好像较往年多。这场雪后，晴了几天，又像要下雪。史校长回校后，傍晚又把他找到屋里去。告诉他，有一个很重要的会，派他去参加。他自己本来应当亲自去，但是另有更大的事，脱不开身。

会是第二天夜里开，必须及时赶到。第二天一早动身，要走七八十里路。至于是什么会，什么事，到了以后就会知道。这边情况他已都知道，不必准备；如果需要报告，就照他知道的说。不用介绍信，那边知道他。"到后找一个姓薛的教员，说姓史的不能来了。大会和小会都由你代表参加。地点是瓦埠镇小学，在东南乡。"讲完这最后几句重要的话，似乎完了，他刚要出门，史校长忽然一把拉他过去，在耳边低声说了几句：

"关于你去见毕校长的事一句也不能提，大会小会上都不能讲。有人问到毕校长，你只说不知道。不论什么人，什么地位、身份，问你，你都不能讲。现在我告诉你，这是同上级负责人单线联系的暴动计划，毕没有谈妥武装力量，计划撤销了。这事只有你、我、毕和上级一个负责人知道，还没有讨论和下达，就失败了。所以千万不可提。明白了吧？记住，早点睡。"

不料第二天就阴下来了。看样子，不是雨，就是雪，过不了一天。好在风还没有起，太阳还在云端出没无常。学生还未到校，他早已提前吃过早饭出发了。这次带了一把雨伞。

路实在太远，又不认识路，还得一路问过去。天越来越阴得沉重。到瓦埠河边，望见隔河的镇上已经亮起了灯光。不幸只有一条渡船，正在向对岸划过去，已快到中游了。他站在水边大声呼叫，那船上人理也不理。他只好等着渡船回来。不料船到那岸以后，不知是由于渡客缺少还是晚上停止摆渡，竟一直不回来。眼见对面灯光越来越多，天越来越黑，这边没有人家，过不去河，怎么办？当晚的重要会议也无法参加了。他一着急，糊里糊涂便走下了水。两只脚和小腿全湿了，他还想涉水过河。幸而河岸不是陡坡，有些沙石，他没有滑跌下去。河水很凉，他又不会游泳。正在此刻忽然他被两只手抓住一提，上了旁边一只小船，也不知什么时候过来的。拉他上船的人对他喊:"你不要命了!这河深得很。"

他算捡了一条命。

小船送他过河,连摆渡钱也没有要,只是在船上问他是干什么的。他回答说是到镇上小学找人有急事。船上人便不问了。

到了小学,找到姓薛的,原来也只是二十来岁的青年。薛把他引到一间屋里,有几张床铺,说:"你休息休息,我还有事,等一会儿再来。"他等着再也不见人回来,正不知如何是好,门一推开,进来一个人,原来是个姓张的,是城里的小学教员,曾经见过,还在一起开过会。

"你怎么来了?怎么湿成这样?快脱去鞋袜,卷起湿裤腿。吃过饭没有?"

这位张老师有三十多岁,上门牙暴露在外,很热心,把他当成小弟弟,找炭盆来烘湿裤脚,从床底下找出一双旧棉鞋给他换,又去不知怎么弄来一碗热面条给他吃。后来才知道张老师上半年在这里教过书,所以还认识人。张对那个姓薛的很不满意。

薛再来时,一切已经就绪,他便随薛去开会。

先开大会,没有多少传达和报告,主要是讨论,各种意见争论很激烈。门窗紧闭,许多人吸烟,满屋烟雾。他插不上嘴,也没有人要他讲话。不全是本地人,湖南口音、湖北口音都有。过了半夜才结束讨论。决定领导人选又费了好半天。最后宣布:第二天一早,不是本校的人必须在学生来校以前走开。

大会完了开小会。薛找他和另一个人到另一间屋去。这个第三者恰巧是他的小学同学。三人开会,实际是薛一人做主。他不听别人什么意见。这同大会情况正好相反。时间不多,小会完时已快天亮了。他回屋见床铺上都有了人,只好挤上一个大些的床,拉过被倒头便睡。睡了也许还不过一小时,身上一冷,醒过来,一看满屋子人都走完了，便连忙起身穿衣。

又是那个张老师，他还没走，端着一盆洗脸水进来。

"快洗一把脸，跟我走，到街上吃早饭。这里不能再停留，学生要来上学了。"

出门一看，天上阴云密布，大风雪就要降临。

"你到哪里去？"张老师问。

"回去。"

"你不要命了！你这样走，会被风雪埋在路上。快跟我去吃两根油条，再到一处去躲避风雪。"

张老师带他去的地方是一座大门楼。把门上的铜环敲了半天，还没有人应声。

终于大门开了一道缝，露出一张女孩子的脸。

"原来是张老师。请进，请进。"

这是一个和他差不多年纪的姑娘。对他略略打量一眼，便请他们进到里面一间很大的厅堂里，在太师椅上坐下。

原来这是张老师半年前在这里教书时的同事，姓方，现在不教书了，说是准备明年到外地上学。张老师对她略说情况，她毫不迟疑就留下两位客人。

她绕过正面的屏风，从后面的门出去。过一会儿，拿了茶壶、茶碗出来，说，她母亲不久就出来见客。

老太太出来了，也不过五十来岁。

张老师兴高采烈，对老太太说东说西。两位男女少年在一旁坐着听，很少插话，偶尔互相对看一眼。

外面风雪越来越大。老太太谈了不久就进去。方家这位姑娘陪进去后又出来说了几句话。她指引他们说，厅一边的小门里是一间小屋，有两张床铺。两位客人可以留在这里歇宿，等风雪停了再走。

随后她又进后面去了。

"你看这姑娘怎么样?"张老师问。

"什么怎么样?我看她很文静,不像乡下姑娘,倒像一位小姐。"

"她家只母女二人,说是还有个小弟弟,跟他叔叔在外地上学。父亲已去世了。姑娘也要出去上学,母亲舍不得她离开。"

午饭是方姑娘自己端来的。还有一小壶酒。可是她没有陪,说是自己要到后面陪母亲一起吃。

张老师自己一杯杯饮酒,一反原先高兴,有点闷闷不乐。酒饭已毕,姑娘出来收拾东西以后,又来陪着谈了一会儿才进去。

"她也是我们一起的。我说来这里有事,她就知道是开会,所以不问了。"张老师作补充说明。

这又是同年龄的一对少年男女,却也没有成为朋友。男的感兴趣的只是这个方和那个吴差不多,高矮一样,年龄相仿,也都很白,只面型不同。有趣的是两人脸上都有几颗麻点。吴的在鼻子左边,方的在鼻子右边。不过他的这些看法没有对张老师讲。张老师也认识吴的教员哥哥。

晚饭后,在煤油灯下,张老师发了一通教训,劝告这个小友一定要去上学,过了寒假就得去。

"若是革命很快成功,自然谈不到上学;可是现在情况还得拖下去。你自己同学生一样大,教什么书?你哥哥为什么不送你上中学?大学上不起,中学也上不起吗?我同他够不上谈这话的交情。我回城去一定要转弯放个风声过去,让他知道自己这样做法不对。"

张老师这天晚上也许是吃了两顿酒之故,很有点火气。他又对那个姓薛的表示不满,说:"他哥哥真不愧是个革命家,是这里第一任县委书记,是从广州回来的,听说学过农民运动。现在走了。这个弟弟可真不敢恭维。聪明,有能力,却不像他哥哥那样朴实、厚道。将来看吧。"

第二天天气略好，风雪未全停，还是走不成。母女二主人又出来说了句留客的话，谈了一通上学的事。方已经是在县城里的初中程度的女子职业学校毕业了，再上学只有去凤阳上第三女子中学。这个学历又同吴的是一样。这是因为本县只有这一所女学。当然基督教会还办了男女中学各一所，那不算。

张老师极力鼓吹上学，并且把这两个男女青年扯在一起。可是方氏母女并没有顺这条路线作更多的谈话。

第三天天晴了。客人道谢告别。两人走了同一方向的一大半路才分手。张老师在路上略微吐露上半年方老太太曾托过他给女儿找伴侣，因此他才有把握去做不速之客。

男青年这时略有点明白过来。只怪自己命运不济，又笨拙，陪了一次吴，又见了一次方，自己陷在圈套中，到事后经人指点才知道自己是傀儡。

他回学校后不久就收到一封从城里寄来的信。这信是他的一位小学同学兼邻居写的，很简单，要求他把另一封信亲自交给本人，而且可以先看信再交去。另一信是写给吴的，埋怨吴忘记了多年情谊，竟同别人订婚，情愿远嫁乡间。

他看了信如同读了小说，又激起了侠义心肠，想去向吴问罪。可是冷静下来一想，真相不明，而且吴有什么罪？终于星期日他去了团城子。

他闯进学校中吴住的小院，听见鼓响，原来是吴正在打小学生用的那种"小洋鼓"。她看见来客，略感惊异。两人谈了几句闲话，都平静下来。

女的想："他忽然来找我做什么？有什么事发生了？"

男的想："女的有什么不对？也许是写信的同学不对？也许是

女的真对不起他?那封信到底该交不该交?交了会怎样?不交又会怎样?"

一面两人想着心事,一面男的问女的是否寒假还要和他一同回去。话说出口,心里大大懊悔,可惜收不回来了。

"我寒假先留在这里,暂时不回去。到旧历年前几天再回去。有人送我。"

女的心想:原来是为了这个。

男的心想:"果然不错。真是喜新厌旧变了心吧?"于是脱口而出:"有人寄给我一封信,要我亲自送给你。"说着便把那封信掏出来,毫不客气塞进女的手里。信封里还装着写给他的那页信。

女的一见信封上的字,脸色大变,却没有马上看信。随即平静下来,说:"这不是写给你的吗?等我晚上再看吧。"她已经预料到内容了。还不是那一套?看不看一样。

男的一见女的色变,衷心大慰;接着一听女的说话,又见表情若无其事,觉得自己又错了,又失败了,又当了一次傻瓜。

"没事了。我走了。"男的转身就走。

"不送,不送。"女的真没有送出来。心里想:"多管闲事。与你什么相干?"

刚考完,学生放寒假,又下了大雪。风雪连天,走不了。这还是表面原因,实际是因为新来的县委书记住在这个学校里。于是人来人往,连教员带客人在风雪中坐吃那点"学田"的租谷。这时这个青年又上了几堂生动的课,使他大长见闻。

旧历年关快到时,天才放晴,情况开始有变化。史校长把他叫了去,交给他三块银圆,说,学校实在没钱了,就拿这点走吧。

他回家交出三块钱,并没有挨哥哥训斥。他说是把薪水都到正阳关镇上花掉了。这谎话不论像不像事实都对他大不利。哥哥把三块钱还了他。他去交给妈妈。妈妈笑说:"你挣钱了。三个铜板也是好的。"收下了。

过了年,哥哥不让他去教书了,让他自己想法子找同伴去上学。

其实他这半年学的东西是什么学校里也学不到的。

他时刻担心那位老同学兼邻居或则吴会来找他,却一直没有再见到他们。巷子里平静无事,并未发生小说中写的三角恋爱故事那种情景。过了半年后,他听说吴确实是嫁给乡下她的一位同事了。

使他从少年成为青年的学习从此开始了。这只是第一步。

四　游学生涯

　　一九二九年春天，凤阳的两所省立中学开学了。一个是女子第三中学，一个是男子第五中学。这个五中原是第五师范，新改为高中，招了一个高中班；但是学校还是师范的旧章程，绝大部分是师范生，不收学费，连宿费、膳费都免了。所以"师范"遭人戏谑，讹称为"吃饭"。念师范毕业去当小学教员的大都是些穷学生，但也不尽然。因为周围几县只有这一所省立的男子高级中等学校，所以不想当教员又无力去远处的学生也来这里上高中程度的师范。

　　各县学生陆续到校。

　　那位当了半年小学教员的青年A得到哥哥给的二十元，也随着同乡学生来到凤阳。春季并不招考。先来入学，秋季再考得学籍的不止他一个，好在是食宿上课全不花钱。

　　他的小同乡在这里为数不多，势力却不小。不用问籍贯，听口音就知道。他们把他安插在宿舍二层楼的楼上一间屋子里，住的全是小同乡，清一色，绝对无人查问学籍。室内八张双层床，中间靠窗户摆两张小条桌拼起来，上面放一把水壶、几个杯子。一把椅子也没有，只能坐在床上。空地里连本室的十六个人全站着也容不下，所以室内活动都在床上。书籍放在床头，箱子放在床下和门后的一个角落里。青年 A 被安排在靠窗户的上铺，下铺是个姓张的，年纪稍大，是学生会的委员或干事。门口这边下铺是一个姓李的，也是来先上学后考学籍的。全室十六个人中有十四个是有学籍的学生。

他到校后随大家去食堂吃饭，也很简单。大屋子里摆好了一个个方桌。凳子不全。碗筷自备。馒头、米饭自己取。凑够一桌，就有人去端菜和汤，无非是青菜、豆腐之类。炊事人员只管做好菜和饭，放在一处，由学生自己动手取。没有管理人员。饭菜吃完不补充，剩下的由炊事人员处理。有些学生有钱，常在外边吃。

食宿都是学生自己管自己，既不争吵，也不排队。因为盛饭菜的桶和大盆很多，而且学生中自然有个排列组合，比如亲密的小同乡或同班就在一起互相照应。宿舍中每室有个所谓室长，也是有名无实，大家遵守的是习惯法。

例如第一天晚上，大家都回屋上了自己床。一盏半明半暗的电灯亮了。有人大声说：

"我们该选一个室长了。"

立刻有人说：

"那容易。我提议选'小妹妹'。"

全室一阵哄堂大笑，只除了那个"小妹妹"一人。那就是被安置在门口的姓李的。他长得一点不像女的，但因为只有十七岁，个子小，有点腼腆，有人开玩笑时他脸上有点红，于是说他像个"小妹妹"。他脸更红了。本室学生和室外一部分小同乡就知道有个"小妹妹"了。

使青年 A 惊异的还是宿舍里的歌声。

"起来！饥寒交迫的奴隶！"

"旧世界打它个落花流水！奴隶们！起来！起来！"

这是零零碎碎的《国际歌》，当时是犯禁的。

"走上前去啊！曙光在前，同志们奋斗！"

这是《少年国际歌》或《少年先锋队歌》，当时也是犯禁的。

革命歌的零散句子此起彼伏，没有人管。有时革命歌声停了，竟出现另一些歌句：

"毛毛雨下个不停，微微风吹个不停，微风细雨柳青青。"

这是黎锦晖作并由他的女儿黎明晖唱得流行起来的《毛毛雨》，当时又是犯禁的，至少是犯忌讳的。

宿舍里有的是大声谈笑和这一类的东一句西一句的犯禁歌曲。几乎没有什么人念课本、做练习，好像也不见有什么人准备考试。要读书只有跑到外面去。

当然课还是要上的，不过也有各种上法。

有一次青年A在院中遇上了一位同乡，手里拿着一本很厚的洋装书。问他去上什么课，回答是"大代数"。青年A只自己学过翻译的《查理斯密小代数学》，却没有学过大代数，佩服得很，却不敢跟他去上，怕听不懂。那时高中是文理分科的。

他敢去上的课是"国文"。听说新校长请到了一位名人，是学者兼作家；本是教大学的，好不容易凭校长的面子才请了来。于是他跟着同乡去上这位名人的第一堂课。到课室后才弄清楚了教师的名字。他想起这确实是在《小说月报》上发表过什么小说的，不过内容忘了。

教师上堂，带来一叠油印讲义发给学生。他也得了一份；一看题目和作者，呆了。

《普罗文学之文献》。作者署名"知白"。

当时无产阶级这个词是犯忌讳的，所以上海的左翼刊物改用译音"普罗列塔利亚特"，又因为太长，简称"普罗"。这位教师怎么敢讲无产阶级文学？

教师开口了：

"这篇文章是从天津大公报上选来的。大公报里我有很多朋友，这位'知白'还不知道是哪一位的笔名。上海的文坛……"

接着他就自我介绍如何熟悉文坛，如何古今兼通，又能研究，又会创作，等等；却一个字也没有论普罗文学。本来这篇资料性的文章也没有什么好讲的。显然是这位教师听说学生中革命的居多，所以用"普罗"来使学生摸不清他的底细而肃然起敬。

不料他吹嘘了半堂课，学生并未敬服。当他讲得口干，稍一停顿时，一个年纪大些的学生站起来提问题：

"请问先生对待普罗文学是什么态度？是赞成？是反对？为什么赞成？为什么反对？还有，既然讲到普罗文学，那就请先生讲一讲对郭沫若的评价。讲到文坛，请先生讲本题，讲讲鲁迅和《小说月报》主编沈雁冰。"

教师没有想到会立刻短兵相接。郭沫若当时因为曾经写过《请看今日之蒋介石》而被通缉，流亡到日本，怎么好在课堂上评论呢？他灵机一动，支支吾吾地说：

"提到《小说月报》，那是现在最好的文学刊物。它现在的主编郑振铎先生是我的好朋友。我们是研究中国戏曲的同行……"

"请先生直接答复问题。否则就把讲义上列的这些文献一篇一篇评介一番。"

学生寸步不让，明明是有意使先生难堪。有的学生已经在窃笑。

教师掏出手帕擦汗。他很想教训学生一顿，可是又胆怯。听到摇铃下课，如逢大赦，夹起皮包便走。他一出门，课室里笑开了。有个人故意大声说：

"像这样一月两百块钱，老头我也会拿。"

大概这位名人从来不曾受过这样奇耻大辱，第二天就贴出病假条子。以后据说是要辞职，经校长和教务主任再三挽留，学校对学生作了"疏通"工作，才继续教课。不过不再讲"普罗"了，拿出他的看家本领，讲戏曲。他又讲故事，又讲乐曲，还会敲桌子代替打板，表演曲牌唱法，只除没有把卧室里的箫拿来在课堂上吹了。这样才平静了下来。不是他班上的旁听生也不去了。

那个和教师为难的学生是青年A的同乡。那次课后问他为什么要那样，他答复：

"你不知道新校长和带来的人都是国家主义派？他们请来的人有什么好的，还配讲普罗文学？当然要给他一个下马威。"

原来是政治斗争。

还有一次"党义"课，也问得教员面红耳赤不得下台。学生提一些关于孙中山、三民主义、五权宪法的刁钻古怪问题，使那位穿西装戴眼镜的教员很难堪。

"这是个吃党饭的党棍子，必须杀下他的威风。国民党、国家主义派，都是反共的反革命，不能让他们霸占五中。"说这话的是学生会的宣传部长。他讲话像放爆竹一样，一说就是一大串，快极了。他的舌剑唇枪无人敢挡。

没有什么课好上，青年A便随着几个人去游逛朱元璋的祖坟，叫"皇陵"。看到一些石人、石马，才算确切知道"翁仲"是什么样。有的人便唱起"石头人招亲"的戏文。他们在所谓"皇陵"的大土堆上践踏了几脚。四面看看是一片平地，什么出皇帝的"龙穴"等风水先生的话全是胡说。

有一天他去问一位同乡，怎样准备暑假中的入学考试。得到的回答是：

"你不知道现在是两个革命高潮之间的低潮？全国性的革命随时就会到来，你还准备考试？"

可是从另一方面他听的却又不一样。他交了密写的介绍信以后，有天晚上来了个姓毛的找他，也是个十七岁的少年。两人一同到操场上一个角落的阴影里。那里有个年纪稍大的姓郑的在等他们。三人成立了一个小组。郑是小组长，是学生会的委员。他着重说明了几点。首先是新来的不能暴露自己。"学生会、学联会是我们掌握的，但不都是自己人。已经暴露的继续露面，新来的人要隐蔽。"他说目前不是行动的时机。国民党县党部力量不大。新来的县长是个反动头子，他和国家主义派互相利用。这三股反动势力都是外来的，没有地方势力基础，正想对五中的学生开刀，向上报功。要先观察了解反动派的行动，听从指示，不许自作主张。

"那为什么有些人大唱革命歌，公开骂教员？"

"高喊革命口号的不一定都是革命党。"毛说。他毕竟是早来了半年。

郑是暴露了的。所以另两人要对他疏远。三个人分属三县，不能以同乡为名相接近。两个年纪差不多的可以来往，但也不能过于亲密。

"过于亲密了，又会引起闲话。"毛说。

青年Ａ只知道学联会有男女两校学生在一起开会，有人说那是恋爱场，不知两个男学生亲密会有什么闲话。他后来问过毛。毛说，"你观察一下那个'小兄弟'姓刘的就知道了。"这个孩子长得很漂亮，有点像女的，态度又温和，许多年纪大些的都叫他"小兄弟"，拿他开玩笑。原来这种玩笑是开不得的。本来刘和他两人年纪相仿，已经认识，这以后也疏远了。

他和刘认识是刘拉他去上音乐课。因为是师范学校，培养教员，所以小学里所有的课都得会教。有一间音乐教室，里面有一台大风琴。音乐教师散发的油印歌曲上面有五线谱和简谱。但是学生不想学。有人要求教唱《国际歌》。教师伸了伸舌头。又有人要求教小曲、小调。教师也摇头。达成的协议是正规的曲谱和歌要教，但是另外还教唱戏。这位教师是个全才，既会弹风琴，又会拉胡琴；既能唱西洋歌，又会唱京戏。教师不但讲五线谱，还讲工尺谱，都用简谱注出，说只有五线谱是国际通用的"正谱"。他的教法也特别，不拉胡琴，因为怕被学校当局认为教唱戏，只在课外自拉自唱给学生听。堂上仍用风琴，按出京戏曲调。

这一天正是教京戏。上课了。教员兴冲冲地走进教室，在黑板上写下"刀劈三关"四个大字。教戏不合法，不能发油印讲义。他写了题目也不说戏，坐在大风琴前就自弹自唱曲谱，不是"工尺上四合"，而是"12345"。唱完过门，他一面弹琴，一面唱出戏词：

"刀劈三关威名大，只杀得胡儿心胆怕。"

这两句连前面过门教了整整一堂课。板眼总唱不对。黑板上写出简谱也不行。也不知是什么戏。

因为是师范，所以有个附属小学。师范毕业以前，学生必须到小学去教各门功课实习。小学的设备不错。也有学生会，跟着中学生活动。青年A去周游了一遍，觉得比他教过的小学真是一在天上，一在地下。

他闯过的生活第一关是那架高层床。爬上去得先上桌子。头一晚就几乎掉下来。据睡在他脚那一边的另一上铺的学生说，一夜都紧紧揪住他的脚不放，只怕他滚下去。睡在下铺的张问他要不要换。他不肯，把些书砌成床边的墙，要掉下来会先撞下书，惊醒张，而且床边是靠窗的桌子，掉下来也在桌上，估计摔不坏。过了些时终于习惯了高高在上，俯视全屋。

不知不觉过去了大半个学期。学联会不服从国民党县党部的领导，学生会不遵守学校当局的管制。矛盾越来越深刻，冲突越来越多。

有一个学生在食堂里拿起水瓢就从缸里舀冷水喝。恰巧教务主任来巡视,看见了,说他不讲卫生。那个学生回答:"不懂什么叫卫生,不管那一套。"教员说他没有礼貌,破坏学校秩序。他不服。随后他高声唱:"旧世界打它个落花流水!"把教务主任气跑了。这个学生是没有学籍的,不怕开除,而且不属于革命组织,学生会对他也没有办法。学校当局却认为这些"捣乱学生"都是学生会指使的。

被认为跟着校长跑的属于国家主义派的学生简直抬不起头来。埋头上课的学生好像是置身事外。于是暴露的越发暴露,隐蔽的也孤立无援。暴风雨来临是必然的,可又显得突然。这却不是大家所期待的革命暴风雨。

一天夜里,青年 A 忽然被不知什么声音惊醒了。他略睁睡眼,朦胧中好像有些睡上铺的同学坐了起来,对面下铺上也有人起身,外面走廊上有些脚步声夹着轻轻的人声。他伸头望望身下的下铺,张的头还缩在被里。室内没有一个人出声。仿佛大家都惊呆了,知道不是好事。

门开了半扇,伸进来一个头和一只手,手电筒的亮光在屋里每个铺上照了一遍,转回去对着门边的下铺低低说了一句什么话。

那是"小妹妹"的床。只见他匆匆起身,穿上衣裳,被外面的人一把拉了出去。

门始终没全开,也没关,已可看到走廊上的人数不少。有说话的声音,但听不清什么话。

一阵杂乱的脚步声从走廊上过去,大概人都下楼走了。全楼静悄悄的。

谁也无法再睡了,都穿衣起床,但都不说话。

有的人明白,有的人还糊涂。

青年 A 想下床去,下面的张忽然站了起来,在他耳边轻轻说:

"有人出去，你再跟出去，看走廊上和院子里有什么动静，马上告诉我。"

又补了一句："看还有没有军队、警察。"

"小妹妹"被抓走了。估计是情报不准，或则是传说学生要暴动，警察见已有人起床，也有点慌，不敢进屋，把要抓的靠里边尽头的张换成了靠外一头的李，真是"张冠李戴"。

天色已经蒙蒙亮，外面又有了声音，屋里有人开门出去。青年A连忙跟到走廊上。

廊上已有不少人，三三两两低声议论。院子里空荡荡的。楼下的人也是在走廊上。看来是军警捕了人已经撤走了。他回屋向张低声报告。张迟疑了一下，下了决心，对他说：

"你不要紧。留下。我的行李会有同乡来取。没人来，你替我带着，总会有联系的。"

说完他戴上帽子出去了。

现在已经不是两年前那样可以在城市里公开大屠杀了。各地暴动虽不成功却也使反动派"草木皆兵"。逮捕搜查往往是偷偷摸摸，不敢大张旗鼓。在这小县城里，没有地方势力支持，反动派想公然派大批军警抓他们的子弟也不能没有顾虑。

青年A随大家走到院子里。学校布告栏前面围了很多人。他挤上去一看，大吃一惊。

一张布告宣布开除二十几人学籍，所有学联会、学生会的主要人物都在内；其中有张，但没有李，因为他没有学籍，明显是抓错了。

另一张布告宣布："本校自即日起停课，全体学生限三日内离校，听候通知。"

郑也在开除名单中，但不知抓了没有。毛不在内。满院子是人，却没有他。

事情来得突然，什么抗议、示威、罢课都没有，来不及了。

事后才知道，抓了二十一个学生，立即送上火车解往省城了。捕人又封闭学校是瞒不住的。这件新闻登了报，许多家长托人打电报去保。当地也有绅士借此和县党部为难。校长、县长也不敢在大众前露面。他们没预料到事情闹得这样大。有不少学生的家长是很不好惹的，正好利用这个事件进行争权斗争。他们不管自己的子弟是否被捕，宣称无证据捕学生是非法，而且无故封闭学校至少是当局无能兼处理不当，甚至是别有用心。被捕学生解到省里，斗争矛头一直指到省级。

女三中只开除了几个学联会和学生会的负责人，没有捕人和停课，大概因为是女校，怕出别的事，而且校长是原来的，不像五中校长是外地新来的国家主义派那样冒失。

那时国民党的特务网还没有处处张开，情报不灵，只是照学生会名单抓。后来听说，学生会主席等人先被捕聚在一起有点着急；一见那位宣传部长也抓来了，稍宽些心，再看到"小妹妹"也抓来，便猜出不是叛徒出卖了。

事件扩大了收不下来。五中的校长等人也走了，不知是免职还是辞职。一把火连自己的屁股也烧了，不过当然还有好职位等着他们。县长后来也走了，但还是升了官，直到对日抗战时他还是国民党政府教育部的什么专员，还带着夫人被派驻海外。不到一年，后来同吉鸿昌一起在察哈尔抗日的方振武当了短期的省主席。他是本省人，将这些被捕学生都宣布"无罪释放"了。

学校关门，同学四散，青年A怎么办呢？

小同乡一天之内就走了不少，约他同行，他不肯，还要找到毛。终于在街上遇见了。原来毛一早就离校没有回校。毛告诉他，郑已经被捕，他正在想法找人联系，要等消息。但是学校三天就停伙，也不能住了，到哪里去呢？

忽然在一条巷子里望见一个小同乡廖，对他使了个眼色回头便走。他紧跟上去，进了一所小院子。只见还有个小同乡蔡也在那里。他二人都是学生会的，漏出了网，找到先认识的一位老太太，租了间房暂住，只苦于没有消息。

"你还没有走，很好，搬来住。你可以常在外面走走，听听消息来告诉我们。我们俩还不便出去，怕碰上坏人。"

他回到校内只见许多学生纷纷带行李走。以前说是国家主义派的学生也并不兴高采烈，倒像有点垂头丧气，也是扛行李回家。究竟他们是不是和校长一起的反动派，看来也未必。

第三天他又去学校吃饭时，全校差不多空了。不料遇上那位"小兄弟"刘。刘一见他，很高兴，说：

"你还没有走。正好，我们出去谈谈。"

两人一同到了一处僻静地方，在一棵大树下席地而坐，像是临时的结义兄弟。

刘告诉他，毛已经回家去了，要他转告大家都回家。刘准备这天搭车回家。他很想有人和他谈心，留住 A 谈了不少话，并不都是闲谈。

"你那些同乡都不好，不怀好意。看起来对我好，都是假亲热，想占便宜，拿我开心。"

刘说这几句话时，雪白的脸颊上微微泛起了一点红晕，果然是长得像女的，甚至超过女的。

"都叫我兄弟，谁是真像哥哥？他们这样一闹，旁人都看不起我了。念书也不能好好念。这下好，学校封了门，大家念不成了。"停一下又接着说："只有你没有像他们那样对待我，也没有看不起我。你是……"刘忽然看出谈话的对手的脸上有点红，大惑不解，马上改口:"你怎么啦?你也是同你那些同乡一样吗?我看错人了吗?"

"你讲的什么话,我都不大明白。我觉得我没有对你怎么样,也没同你谈过多少话,只是把你看成和我一样的小同学。我是觉得他们对你那样张嘴闭嘴小兄弟,瞎亲热,不大好。他们对我,对别的小同学,也没有那样,是有点像欺负你。"他脸红是因为想到因毛的警告而疏远刘,但没有告诉他。

刘的疑心解开了,笑了笑,又说:

"你好像比我还大些,可是知道的事不准比我多。我从你那些同乡听到了不少胡话。真讨厌。好,现在我有正事同你讲。你下学期怎么样?还来这里上学吗?这学校太坏了。"

刘慢慢说明,自己的家里怕他年幼吃亏,又没有可靠的同乡学生可托;连到凤阳来,这样近,都不放心。刘一心一意想去南京上中学,既无熟人,又没有同伴。假如他们两人一起去考学,可能说服家里。

两人出外上学都有家里的问题,只是性质不一样。于是谈得投契。

谈谈停停,有时对望着默不作声。刘眼里有时放着光,明显是心里想考验对方是否可靠。对方却只想着哥哥会不会给他钱到外地上中学。论心思,那个貌似女子的比这个貌似大些的反而多些。

"你同你那些同乡不一样,跟这里大大小小同学也不一样。不知为什么你总好像有点特别。没有人能像你那样给那个宣传部长那一下子。不是说别人不如你聪明。聪明人也不肯像你那样说话。就是那一次,我对你才有些佩服。后来想找你多谈谈,你总好像有点躲着我。我以为你是怕那些同乡,却又不像。你好像有时聪明,有时笨得出奇。"刘笑了,想看对方会不会生气。

刘说的那件事实际是他做得很冒失,事后自己还很后悔。

有一天那位聪明能干、发言滔滔不绝、从不让人一分的学生会宣传部长来到青年 A 住的那间宿舍里，发表长篇大论。不少人洗耳恭听。可有个不识时务的问了一句：

"那个国文教员自夸是吴梅的学生。吴梅是什么人？"

"北京大学教授，是蔡元培请去第一个讲戏曲的名教授。你连这都不知道。他的名著叫《顾曲尘谈》。"

"不是'尘谈'，不是从鹿从土的尘（繁体'塵'）字，是从鹿从主（麈），念'主'（麈）。"青年 A 在旁不由得加以纠正，因为他从小学国文教员那里借这本书看过。不料这一下子触怒了宣传部长。

"喝！真有学问！真不愧是'半截圣人'。"

座中有人笑，有些人，包括 A，还没有反应过来。

"怎么你张嘴骂人？也不看看这是个小孩子？"有位同乡打抱不平。

A 立刻明白过来，不禁怒从心上起，脱口回敬一句：

"对！你我都是'半截圣人'；可我是上半截，你是下半截。"

全场哄堂大笑。（"圣"字繁体的下半平常写作"王"字。）

宣传部长一怒而起，突破门前的人群而出，头也不回。大概他从不曾遭遇过这样的回击。当然此后也不再来，不再理这个小孩子和那打抱不平的同乡了。

刘指的就是这件事。A 却并未注意刘也在座中。他一听刘提起，想说别提了，可是没有说出口，对刘的评论没听进去。两人沉默了一会儿，各想各的。

"我想学打拳，可以防身，免得受人欺负。"刘忽然说出这句话。他是看对方瘦弱，也许还需要自己保护他。

"我照着一本小书学过'潭腿'，不过没有学全，也不知学得对不对。这是基础。"

"你还学拳？看你瘦得皮包骨了。"刘笑着说。

"你不知道，拳分内家、外家。外家讲外表，内家讲内功，越是样子弱，越是功力深。"他想卖弄自己的武术知识，便讲了一个吴大屠夫学艺的故事。这是他从"不肖生"的《近代侠义英雄传》里看来的。

"你还会讲故事？"

"三天三夜讲不完。"

"那好，我以后和你同学，同住一起，你天天讲给我听。"

青年A有点得意，自觉有了豪杰气概，似乎对面是个女的，他要有一团正气，行侠仗义。

刘见他两眼放光，以为又会有什么事；又见他的模样像小孩子装大人，有点好笑。随着他就看出了对方是个稚气未退的少年，确实和别的大同学不同，感到有点欣慰，又不知怎么还好像带有一点失望。他自己也不知道是怎么回事。

"好吧。等暑假中你来考学时，我同家里讲好，也提前来，然后一同去南京。路上经我家去让我家里人见见，好放心。让他们看看你这个有内功的拳术家，好不好？就这样，一言为定。"

A忽想起住处还有人等着他，便匆匆答应，两人分手。那时不时兴握手，鞠躬又过于正式，作揖当然太过时了。相对微笑，点点头，就是互相告别。一笑之中彼此又一次觉得对方脸上有点红晕，不知是否幻觉。这红晕的原因大概彼此不同，不过也可能有共同之处，谁知道？

A回到住处，说了刘转达毛的话，大家彼此对望了一眼，都有些明白，但都没有说。都明白毛的身份。纪律是不许发生横的关系。A没有讲和刘谈话的其他内容，他想刘说的那些同乡可能也包括这两位。

"我们马上准备走路。"两人做出了决定。可是A还有点踌躇。

他不想早回家，又不便一个人住。这时恰好来了一个同乡程，他也不想回去受家庭拘束，于是搬来和 A 两人又同住了几天。

A 又去学校，没有人了。刘果然回家了。从此他们没有再通消息，彼此也不知地址。刘如果是真心相约，那就可能一辈子都骂他不守信用，同别人一样是个不可靠的人。然而这能怪他吗？这个不白之冤怕只有到另一个世界里才得平反了。

A 和程住了几天后也不得不回去，因为他这时比不得在学校，要花钱吃饭。尽管程有钱，也不能尽花别人的。再住下去，连路费都没有了。程只好同他一起走。

两人乘一条小船快到程家时已经是黑夜了，岸上忽然响起枪声。程立刻到船头去，大声喊：

"什么人？有什么事找程三爷去讲，他是我三叔。"

枪不响了。岸上隐隐有几条黑影退去。

青年 A 回家后，在暑假中得到通知，要去 F 县找民众教育馆吴馆长。那边急需人去工作。他去了以后被安排在齐王庙小学教书，在这个地方整整度过了一年。他和刘的约会同上学的事还没来得及讲出来就夭折了。他心里觉得对不起人，长时期不能忘记刘的那有白有红的脸庞和又天真又懂事的神态。这话却无法对人说，因为他现在懂得了，说这类小孩子心里话会引起大人嘲笑的。

这一年也并未虚过。同事中有三个大学生，分别是上海大学、中山大学、武昌政治干部学校的学生，都受过一九二六到二七年的洗礼。三个人除讲不少见闻给他听外，还一致鼓吹他出门上大学，而且确定要去北平（北京）。因为一则那里有许多著名大学，二则生活费用便宜；照他们的说法那里花钱吃住简直像在这小地方一样。其实他们并未去过。

生活戏剧还得照旧演下去，但是场景和登场人物要大大改变了。

五　少年漂泊者

一九三〇年七月下旬。

S县的北城门外大桥边，靠河岸有一只小小的带芦席篷的船正要开航。船夫跳上岸去解缆绳。

从城门洞里突然出来一个三十多岁的人，一面疾步向前，一面招手叫船夫暂停开船，嘴里还喊着："等一等！等一等！"

他提起长衫的前后襟，一脚踏上跳板，又跳上船头。

船篷下面钻出瘦削的青年A，喊了一声：

"三哥！"

随后又钻出一个青年B。船夫忙从岸上跳到船尾上，怕三个人都站上船头，失去平衡。船晃了一晃。

这位三哥对弟弟说了几句话，就从口袋里掏出一个纸包塞在弟弟手里，说：

"这二十块钱给你路上花。到南京、上海就来家信。一定要想法子上大学，不要念中学了。家里供不了那么多年。"又转眼向着青年B："路上你们互相照应，一定要小心，不可大意。"

他说完话，转身就走，进了城门。从他的脸色看，他还没有洗过脸；大概是刚醒过来，听说弟弟已走，想到一白块钱不够，才匆匆赶来，追加了一笔钱,还加重语气重复说了允许出外的条件。这条件说穿了就是从此要自立了。其实他不用家里钱已经两年了。去凤阳时用了钱,也只二十元。

不知何时已经开船了。

船篷下蜷卧着这一对青年,都不说话,只听见摇橹拨水的声音。

这两人都有一个从青年起守寡的母亲。不愿他们离开的只有这两位中年妇女。

小船快要到淮河上小火轮码头了。他们是来赶上轮船去蚌埠的。

这时两青年中才有一个说了一句话:

"我们现在真是'少年漂泊者'了。"

蒋光赤(后改为"慈")的《少年漂泊者》那时在他写的家乡这一带很流行。一本薄薄的小说,全红书皮,在许多青年手中传来传去,引起他们到外地去漂泊的幻想。

在蚌埠,他们投往一家同乡开的店内。店里先已有两位黄埔军官学校毕业的人住着,筹划去北平(北京)反对他们的校长蒋介石。这时正在进行蒋、阎、冯大战。黄河两岸,蒋在南为一方,阎锡山和冯玉祥在北为另一方,两相对峙,准备决战。也就因此,全国仅有的通连南北的两条铁路线都不通了。本来搭上津浦路火车可以直达的,现在却要绕道上海搭海船去天津了。这几个人都是来这里等着出发的。

青年A对家里说是到南京或上海上大学的,哥哥才给钱放他走,一半也是怕他留在家里闯祸。但是走的这两人定下的目标却是北平,准备的是上不了学就找事做,哪怕拉洋车也干。他们天真地以为职业那么容易找,人力车那么容易拉。到蚌埠街上一看,那车不是他们拉得动的,但还不知拉车之中还有种种门槛。

黄埔学生还在蚌埠店中考虑去南京如何转道去北平,这两位青年已经到了上海。

到上海时刚好是晚上。他们在车站雇了两辆人力车拉他们去 A 的一位远亲的家。本来有人介绍他们去住一家招待同乡客商的旅馆，但他们为了省钱，决定还是先找那位远亲试试。

车子走了一些路，忽然停下了，同另两辆车的车夫谈了几句什么话。那两个车夫好像是给了原先雇的车夫一些钱。于是车夫要求他们下来换车，说前面他们过不去了。两青年以为他们是进不了外国租界，只好换车。车夫并没要他们付钱，只当着他们对新车夫说了车费多少。

在路上又转了几圈，到了一个路灯不亮的马路边上一家门前。车夫放下车说："到了。"青年下车一找门牌，又上车让车夫拉到那亲戚家门边。门关着，一个青年去敲门，一个青年给银圆让车夫找钱，并搬下行李。

门不曾关牢，一推就开，原来是一家小杂货店，柜台后站着一个青年。

"这里是姓吕吗？"

问答两句，柜台里的青年说："原来是小表弟啊！快进来吧。妈妈到后面去了，马上就出来。"他说的话有些江北口音，还好懂。

青年 B 进来了，手里拿着两只银角子，说："车夫找来的这小洋钱，还没见过。"那时上海还用"小洋"，是银角子。"小洋"每个名义算两角钱，十二角才够一块大洋，别处不用。

柜台里青年一听，说："拿来我看看。你们是一同来的吧？"说着，伸出手，接过钱，向柜台上一摔，说：

"假的。你们上当了。"

青年 B 赶忙出门去看，车夫早已跑远了。

这时柜台里的青年抬起了头。新来的两青年才看出他是个瞎子。

有眼的还不如没眼的精明。

那位表伯母从里面出来了。她是回过一次家乡，见过这位表侄的，立刻把两个客人留下，在楼上住，行李也搬了上去。

瞎子是她的小儿子，不满二十岁，在杂货店里做买卖，一点不吃亏，真正是"以耳代目"。他还认识盲文，会"写"盲字，把有许多针点子的盲人书和"写"字的铜板子及针笔给小表弟和那位小同乡看。

瞎子的哥哥结婚了，另住一处；第二天来了，答应给他们找船票北上天津。他脸上有些麻子。

这位表伯母带领表侄和同乡去逛上海。她嫌表侄穿的蓝布长衫太土气，让他换上瞎子表哥的一件白夏布长衫。他觉得很不合身、很难看，但也只好服从。

所谓游上海不过是去南京路上先施公司、永安公司楼上转转，然后到青云阁楼上吃茶。南京路中间还有电车路轨，有轨电车开来开去，声音大得很。马车也有，汽车不多。茶馆里满地瓜子壳。人声嘈杂，他们也听不懂。

青年Ａ看过上海《黑幕大观》之类的书，想知道"大世界"是什么样子。但是表伯母不让去，说"那种地方去不得"。因为是白天，也望不见有"大世界"三个字的霓虹灯招牌，更看不到那门前著名的"哈哈镜"了。

麻子表哥来说，晚上送他们上海船；说是英国船，到天津，路上只停烟台，或者是威海卫。但没给他们船票，只收去了船钱。

晚上乘马车到了码头。行李放在岸边，表哥先上船去。

过一会儿，只见表哥和一个人吵着下船。两人一在船上，一在船下，都气势汹汹，却并不是打架，只是高声吵嚷。表哥来到两青年的身边，说："不坐他这船了。英国船上人太可恶。若不是要给你们送船，今天他一定要吃生活（挨打）。好了，我另给你们找船。"他又到别处去了。

两青年在有明有暗的码头上看守着行李，望着水里一条条庞然大物，回头又望黄浦江上的外国军舰和船只上的灯火，真觉得到了另一个世界。

等了好半天也不见麻子表哥回来。两人心里直着急。哪有到了码头再找船的？这是远道的海船，不是小河上找划船啊。

终于表哥兴冲冲地回来了，说："找妥了。上船吧。是吊铺，很好。是日本船，只停青岛。今夜就开船。"

一听是日本船，青年A就想起"五九"国耻，不大愿意。不是英国船，就是日本船，各停各的"租借地"。"五卅"惨案不是英国和日本干的吗？中国招商局的海船呢？

但是没有办法，事已至此，只好上船。到近处看，船上赫然有"唐山丸"三个汉字。那是作为日本字写上去的吧？

上船后，表哥拿出两张纸给他们。纸上印的船名等，没有舱位和价钱，另用毛笔写了一串认不出来的字。据说是七块钱一张，船上管吃饭。找来的钱也还给了他们。

所谓"吊铺"是二等和三等之间的非正式的舱。三等是统舱，没有铺位，不限人数。二等大约是一舱客四人。四等是"甲板客人"，没有固定的地位，船面上蹲在一个角落里就是。吃的饭也分等级。"唐山丸"并不是客轮，是货船。这"吊铺"未必是正式舱位，可能是船上的"茶房"和水手们弄出来自己赚钱的。

他们住的这间"吊铺"共有八个铺位。这时客人都已来到，由"茶房"分配好了。最里面一上一下两层双人铺。上面是两个女的，好像是两姊妹。下面两个男的，和女的同路。他们都是四川人，看不出是什么关系。中间一张双人铺，给了青年A和B。靠门口又是上下两个单人铺。上面的一个人好像是商人，对谁也不理。下面的是个江西青年。除那个商人年纪稍大外，其余七人都像是学生。

麻子表哥看安顿好了，便要回去。他们二人送出舱外。表哥又嘱咐几句，路上一定要小心，人杂得很，千万不可同时离开，要有一人看守行李，不可"露白"（露出钱来），等等。

两人打开行李，铺好，睡下。晚饭已吃过，电灯不明，糊里糊涂睡熟了。

一觉醒来，早已出海。他们庆幸不曾晕船。也没有看到吴淞口，不知炮台是什么样子。在舱门口一望，只在离开的一面还有点阴影，别处望来望去都是浩渺的大海。波浪比江河的大些，但船并不怎么颠簸。这是因为走的还是内海，离海岸不远，并不是到了海洋里。这时水还是黄的，以后才变成蓝的。

回舱在铺上躺下。青年 B 打开他带的《郑板桥家书》的石印本，欣赏那大大小小歪歪斜斜的书法。青年 A 不看书，听着海浪，心里背诵幼年自己抄读的秋瑾的渡海去日本的两首诗，浮起了书前面秋瑾穿和服执倭刀的英姿。

片帆破浪涉沧溟，回首河山一发青。
四壁波涛旋大地，一天星斗拱黄庭。
千年劫尽灰全死，十载淘余水尚腥。
海外神山渺何处？天涯涕泪一身零。

闻道当年鏖战地，至今犹带血痕流。
驰驱戎马中原梦，破碎河山故国羞。
领海无权悲索寞，磨刀有日快恩仇。
天风吹面泠然过，十万云烟眼底收。

从秋瑾又想到甲午战争。想到若是搭了英国船，经威海卫，那就是在刘公岛一带，是丁汝昌、邓世昌等人英勇殉国的大战战场。想到他父亲当年也曾北上天津，打算"请缨"从戎。想到自己远不如以前的人有英雄气概。又想到鲁迅的小说《风波》，九斤老太说"一代不如一代"。这滔滔海上有过多少代人物！自己蹲伏在这日本货船的一角里，算得了什么？将来怎么样呢？不由得现出了黄仲则的诗句：

茫茫来日愁如海，寄语羲和快着鞭。

是要时光过得快些。不是正处在两个高潮之间的低潮吗？革命高潮何日来到？到了又会怎样？以后又会怎样？

他想来想去，在海浪摇篮中睡着了。

走了几天总不见到青岛。那边四个四川人的话特别多。尤其是那两个女的，叽叽喳喳说个不停。话又听不大懂，不知她们讲什么。两人穿的是短袖旗袍，两臂两腿经常在铺外，悬挂在青年Ａ的头前摇晃，引起他心烦。两个女的似乎比他还小些，是上中学吧？上中学何必远迢迢从四川绕道往天津、北平跑？看样子也不像是有钱人家小姐，可没钱也跑不了这样远。那四个人只顾自己讲话，正眼都不看别人。当然他也不好意思总望那两个女的，可巧她们正在他旁边，躺着睁眼就望见，不想看也得看，无法避开。

青岛总是不到，靠海岸越来越近了，都是悬崖陡壁，嵯峨不断。

那小女孩子的两条光腿又在青年Ａ的头上摇晃了。他实在烦不过，向她脸上望去，狠狠瞪了她一眼。好像是这一眼瞪得那女孩子赶快把腿缩上了铺。他很得意地闭目养神。又一想，却也难怪。在舱中最里面，又是上铺，两人共一铺，挤在一起，只能坐着头顶舱板，站不起来；上下四方六面只有一面对外通风，又离舱门远，有风也吹不到那里；天又热，正在七月，三伏天，众目睽睽，也不能脱旗袍，扇子都扇不出风凉；这样情况下自然要伸出腿来扇扇风。想想又对那女孩子有点同情，觉得自己刚才不对，错怪人家了。于是又睁眼望过去。不料恰巧这时那女的也把眼转过来望他。不先不后，正好碰上。两人都赶忙把眼避开。很长一段时间里青年A不再向那边望，也不理是否两腿又挂过来了。

这一次无言的交锋还有点结果。以后发现妹妹转到里面，姐姐换到外面来了。四条腿照旧经常同手臂和扇子或一起或轮流在空中飞舞，好像对下方斜对面铺上的青年A示威：看你能奈我何！

终于到了青岛。

舱门口上铺那商人见船一停就出去了，一天也没回来。下铺的江西人也出去很久才回来。四个四川人轮番外出。只有A、B两青年坚守老营，不敢下船。他们到舱面上去了几趟，只见岸上和船上都乱哄哄的。岸上连青岛城市的影子也看不见。有个斜坡，望过去有些房子，也许是仓库。那一边仿佛向高处去，但绝不是上崂山。想来这是船停泊的地方，离热闹好玩的城市不知有多远。说是青岛风景秀丽，这里却像是堆垃圾的。他们一怕上了岸船开走了，二怕碰上日本人。幸好上下船的都是中国人，看不出有谁是日本人。他们其实并不知道日本人是什么样子。后来只见搬运夫从船上卸货扛上码头，一个接一个。过些时又见到往船上搬运的，这是上货。打听一下茶房，船停多久；回答是说不准，上下货完了就开走。于是两人只轮流上舱面望望人和货和单调的岸上库房，还不如另一边的大海好看。可是海也是单调乏味的，没有变化。更可气的是赶上了阴天，又不出太阳，又不下雨，阴沉沉的，灰苍苍的，天色极其难看。

两人讨论研究半天，决定还是不上岸，躺在铺上好；轮换着出去呼吸舱外的空气。可是空气又不新鲜，不是海水的湿气、咸气，倒像是臭鱼虾的腥气。两人都认为青岛不必观光了。何必去看日本人的天下？还不如躺在床上安稳睡觉，或则，一个研究郑板桥的书法，一个默默背诵熟读过的诗文。

哪知这货船竟停泊了一整天。那商人到傍晚才回船。船仍然纹风不动。

因为在船上颠簸惯了，船不动也像是还在动。晚饭后便入梦，也不管船开不开了。

天亮后吃早饭时，问茶房船开了没有，得到一个没好气的回答："你说开了没有？船走不走都不晓得。"后来才知道是快天明时开的船。这只小小货船沿着山东半岛的边缘走，好像是勘测地形一样慢慢腾腾向前爬动。

青年A这时对那两姊妹起了点同情之心，不觉得那么讨嫌了，却对那两个男的仍无好感。他们两人侍候两个女的过于殷勤。船开不久，姐姐有点呕吐，忙坏了那两位忠实护送人。幸而不久就安定下来。这两个人不时站起来同上铺两个女的讲话，有说有笑，真有那么多可谈的。听了一路四川口音，由厌恶而熟悉，却始终没有注意他们的谈话内容，毫无兴趣。

青年A对两姊妹的嫌恶之心减少以后，有时就研究那四只脚，分别其同异。他认为这脚没有遭受裹小脚之苦，自由自在生长，真是幸运。这光着的脚丫缝开得那么大，大拇指昂首大外的神气，真是为千年妇女的小脚出了一口气。这晃来晃去很少停止的光溜溜的东西有什么好看？怕热就不穿袜子？上船前大概洗得很干净，没闻到脚臭。倘若是穿了长袜子，或者裹了脚，那可不得了，会臭气熏天。讨厌的是那两个男的。他们一站起来献殷勤，腿脚便缩回去，或者一动不动,将细致的观察研究打断。

有几个茶房穿着整齐的白制服一同进来了。前面一个手里端着盘子,里面有些银圆。他们一进舱便低声赔笑说话,比以前的态度完全不同。

"明天要到天津了。各位受累了。我们招待不周,请多多包涵。"

门口的商人毫不犹豫,在盘子里放下了两块银洋。茶房笑说:"请高升一点。"他又放下了一块。接着下铺的江西人放进了一张五元钞票,可是一转手拿回了三块大洋。茶房怎么请他"高升",他照旧躺着不动,装作没听见。当然茶房中有人变了脸色,咕噜了一句可能是骂他的讽刺话。他也真有涵养,不但不生气,还笑了笑。外表上仿佛江西人听不懂宁波口音似的。

两青年没有预料到茶房的小费要给这么多。船费七元,小费得两三元。两人用眼色决定先各交一元试试。果然"高升"了半天,又各加一元,还不肯罢休,只好又共加了一元,声明是学生,实在没有钱。四川人不知给了多少钱。反正茶房走时并不满意。

茶房出去,江西"老表"第一次对邻铺两青年开口,说这些茶房没有工钱,这是他们收入的一个来源,所以要得多。接着,他递过来一张名片。这使两青年很惊异,认为只是有身份的人才用名片,这个年轻人一定是非同小可。名片上并无职衔,只有中间三个大字是姓名,左下方一行小字是籍贯。

"你们是去北平上学吧?我也是去考大学的。"不知是从外表上看出来的,还是注意了刚才对茶房的声明。

"考什么学校?"

"当然是北京大学。"言下大有其他学校都不值得他去考之意,但还不止于此,"我到后先去拜访一位北大的名教授,他是我的同乡。"随即说出一位教授的名字。

青年 A 和 B 不清楚这位教授是何等样人。江西青年见没有引起应有的惊异，便又说两句：

"他是名闻全国的名教授，是我的同乡前辈。我这次去拜访，是请他为我上学给点协助。他教政治，我也准备学政治。"

两青年明白了，原来并无关系，是慕名而往，打旗号的。不知那几位四川学生听了意下如何，对这两人并没有产生好效果。

但是江西青年却一步步前进，一反途中的态度，和他们交上朋友。最后才露出下船上火车去北平时要彼此照应之意。这当然不成问题。

开行七天，这小小货船才从黄浦江开到了海河，停在一个码头上。总算到了。幸好是上午，但没有太阳。

两位女青年不知在什么时候、什么地方换上了花旗袍，整理了姿容，大非在上铺时之比了。

三位搭配在一起的青年一伙，四位四川青年一伙，跟随着独往独来的商人下了船。江西"老表"提议只雇两辆人力车去车站，一辆装三个人的大行李，一辆他自己坐着押小行李，两青年就不必再雇车了。一则车少旅客多，不好雇；二则离车站不远，可以走去。这是他去雇车回来后的意见，当然照办。

四川人还在忙查行李时，江西人已经安排好了。前面一辆行李车，后面一辆他坐上去，怀中和脚下放他的皮包和小箱子。车夫拉起就走，并不知还有两个人。两个安徽人不料车夫跑得越来越快，在后面紧追。

"坏了！我肚子疼。这怎么办？"青年 B 说。

这时再雇车已经来不及了，前面两辆车飞快前进。

"那你慢些走，我在前面追车。车夫！走慢些！"

车夫和"老表"好像听不见，仍旧快跑。

青年 A 又惊又气，只怕是像《黑幕大观》上说的那样遇上骗子。倘若行李箱子都丢了，钱也大部分在箱子里，那就只能讨饭了。一着急,步子加快,拿出在小学中赛跑的劲头,穷追不舍。

幸而是一条大路直奔火车站,路并不太远。他气喘吁吁跑到时,"老表"已在车站前停下,将行李搬下来了。

"怎么,叫你,你不停?"似乎质问车夫,实际对象是江西青年。

"车钱两角。这辆我付了,那辆你付吧。我去买车票。你把车钱交给我,我一起买三张好了。"

青年A怒气冲冲,不理他,付了一辆车钱。

"请你替我看着行李好吧?"江西青年有点求告口气了。

这时青年B赶到了,一头大汗。

"肚子跑好了。刚才疼得要命,现在好了。你去那边小窗口买车票,我看行李。"他对同伴说了这几句,在自己的行李上一坐,掏出手帕揩汗,对那位"老表"怒目而视,好像自言自语地说:"哪有这样的人!真不是东西!"

江西青年自己一手抱皮包,一手提箱子,叫过旁边等着的搬运工人扛行李,自己去买票,单独行动了。

两青年到火车上还怒气不息;可是想一想,还是自己太老实,即使上当也怪不得别人。

到了北平车站,出站后,看到前面有一排人力车,另一边有两辆马车。过来一个人。

"要车吧?到哪儿?"

"皮库胡同。"

"好,两辆吧?五毛一辆,一共一块钱。这是定价。"

既是"定价",还了两句价也无效,那人佯佯不睬。只好答应。那人便去一排人力车前说了一句。两个车夫各掏一张纸票子交给他,把车拉过来。原来那人不是车夫,而是把头,一转手赚了两张票子。

车子过了前门,向西单牌楼进发。大约走了还不到一半路,看见路旁停着两辆人力车。车夫把车停下，过去不知说了几句什么，那两个拉车的各掏出一张票子给原先的车夫。他们一起走过来，把行李搬上新雇的车子。原先的车夫大声说："说好的，到皮库胡同给一块钱，五毛一辆。"又是上海遇见过的那套把戏。这里不会有假的小银币了，那只在上海用，可是票子也可能有花样，好在是一块钱，不用找。

皮库胡同久安公寓，这是他们的目的地，找的是一位姓方的同乡，他在北平上大学。

同乡告诉他们，车费只要顶多两毛钱，那三毛钱被人从中截取了。最后送到的车夫最多不过能得两毛多钱，那也比平常贵。

漂泊到久安公寓，是不是可以"久安"呢？

六　一板三眼

久安公寓是一所四合院。方住在上房的一间大屋里。他和姓戴的同住。戴穿着一身绸衣裤，躺在一把藤椅上，摇着纸折扇，嘴里不知低声哼着什么曲子。听见方介绍来了两位同乡，他略略欠身，没有说话，照旧躺下，继续哼唱。

"先住下再说。就住这里吧。"方看了介绍信后，略谈几句，便对他们这样说。随即大声呼唤："伙计！"北方和南方不同，不叫茶房，叫伙计。

"还有空房间吧？这两位要住。去同掌柜的说一声。"方对伙计说。叫"掌柜的"，不叫"老板"，这也是北方话。

两位新来的小客人住进了一间厢房，比方和戴住的小些。房里有两张单人木板床，一张方桌，两把椅子，两个凳子，两个木头棍子做的洗脸盆架放在门边。桌上有一把瓷茶壶，四个没把的瓷茶杯。

行李铺好，箱子放在床下，伙计打来两盆洗脸水。脸还没洗完，掌柜的进来了，满面笑容。

"两位刚到，路上辛苦了。请登记一下。"掌柜的将手上的"循环簿"和一支毛笔、一方墨盒放在桌上。

登记完了，问到房租时，掌柜的又满脸堆笑回答：

"这是厢房,便宜些。两位合算八块钱。包伙不供早点,午饭、晚饭合共每人七元。伙计小费随意。请先借一个月。"

一个月要二十二块钱!现在已入牢笼,逃不脱了。

青年B解下腰间的"板带",往桌上一摔。从这"板带"的口袋里掏出一把银圆,数出二十二块来,剩下的只有几块钱了,不怕"露白"了。

掌柜的接过钱,一块一块在手上颠了颠,敲了敲,看有没有假的。然后笑着,嘴里咕噜着客气话,点头哈腰退出了房门。

两青年相对望着。看来北京并不便宜。照这样,带来的钱除去路费还不够半年吃住;要上学,非得家里再汇钱来不可了。

方进门来了。他和戴两人都上的中国大学,是私立的,就在附近。对其他学校情况他不大了解。他听说两人还缺中学文凭,说,这里有几处中学都可以收高中三年级学生,最后一学期也可以插班,半年毕业。学费各校不等,大概四十元左右一学期,和私立大学差不多。附近有个弘达学院是这类中学里比较好的。这些都是私立的。公立的毕业班不收插班生,而且对转学文凭审查较严。私立大学对文凭比较马虎,但假文凭也会查出来。因此,方劝他们补习一年,弄到一张高中毕业文凭,明年考国立大学。便宜得多,又有宿舍可住。

这个建议当然很好,可是"钱"大老爷不批准啊!离家出走已经费了九牛二虎之力了。家里能不能再汇钱来,还在"不定之天"呢。

当然青年A这时万没有想到,他哥哥已经典当出了应分配在弟弟名下的田地,得了八百元,只给了他一百二十元。那大晚上大表兄叮叮当当一块一块银圆敲出一百元给他时,另外还有七百元交给他三哥了。这是三哥去世以后,二哥告诉他的。假如对他说是"倾家荡产"的款子,能交给他上学,说不定他能实行方的建议。那么一来,也许他的一生就会是另一番景况了。

青年 B 的境况不同。他母亲是肯为他"倾家荡产"的，问题是家里还要养母，而且也未必够上一年中学加四年大学的。

两人闷闷不乐吃了晚饭。两小盘同样的炒白菜加几根肉丝，两碗同样的清汤，碗底有几片白菜叶。一小桶米饭和几个馒头，不够可以追加。

吃完饭，两人出门去找救兵。

这是同乡介绍的一位黄埔学生，是合肥人，姓李。因为不愿追随那位姓蒋的校长，躲在北平，跟他母亲住，而且不用原来名字，改用一个号：逸虹。

两人走出胡同，上了有轨电车，到西单牌楼转弯经过长安街，再一次望见前门和天安门，穿过天安门前两道三座门的大牌坊，望见天安门两旁的中山公园和太庙（现在的文化宫），到了繁华的王府井大街口下车。一路上电车司机不断脚踏响铃开路，车子颠颠簸簸，比上海南京路的还要破旧。

找到敦厚里的一家楼上，见到了要找的人。

主人并不像个军人。他把介绍信仔细看了两遍，说他对学校情况不了解，不过他的姐夫是东北大学教授，正在这里过暑假，可以问他。于是让两人稍坐，自己去找姐夫。

这间房子大概是李的卧室，门口是一串串五色珠子挂着当帘子。桌上有盏台灯，却没有书。

李先回来，说他姐夫少时就来当面谈。两青年从来没见过大学教授，有点心慌。

这位教授掀帘而入。他身穿西服衬衫、西装裤，踏着一双拖鞋，一手举着一只烟斗，对慌忙站起来的青年略点点头。

"来考学校吗？北大、清华的考期已经过了。师大、燕京、辅仁好像也是这两天考的。来晚了。若是乘火车来就赶上了；听说是搭海船来,误了。还有些学院都归北平大学,不知考过了没有。你们考什么系?是学理、工、农、医,还是文、法?"

在他眼中,其他私立大学都是"野鸡大学",不值一提。他是在美国留学回来的。

两人无言可对。

李问:还有什么办法没有?

教授答:外地的近处有天津的南开,也不错。还有北洋,唐山交大。啊!唐山交大有个分院在北平,是培养铁路上人的。协和招的学生在燕京上预科,大约也考过了。

当时各校是分别招生的。好学校先招,差的后招,收罗"遗才"。还有招两次的,什么名大学也考不取的还有机会。可是一要文凭,二要钱。两样都没有,只好"望洋兴叹"。有了这两样,才谈得上才学;还得看会不会考试,猜题,答题。

教授还很热心,提出了他的建议:来晚了也不要紧,补习一年吧。只要英文、数学行,考哪里都没问题。这两样有九十分以上,国文有八十分以上,其他科目及格就行。各校算分方法不同。清华先算初中数学、英文、国文,及格了,才算高中数学和其他课;不及格,就不算其他了。北大是不论文、法或理科,都是英文占百分之四十,考理科的,数学占百分之四十,考文科的,国文占百分之四十,别的课总共占百分之二十。不过有一点,不论哪个大学,有一门不及格都不取。有零分的就更加不行了。所以最重要的是补习一年英文和数学。这两样要有把握。东北大学也是一样。张学良挂个名出钱,校长是在美国哥伦比亚大学学过教育的,杜威的学生,要求很严格。他顺带吹嘘了他教的学校。

东北大学校长不是留学日本的,倒是留学美国的,这是新闻。看来张学良同他的"胡了"大帅老了不样,不想要日本人给他办大学。

所有这些话都无异"海外三神山","可望不可即",对他们毫无用处。

教授见没有应声,自认已经完成了内弟的托付,一掀帘子出去了,留下烟斗的烟丝香味。

李也不知怎么好,他还不了解两人的真正苦处。

这里又没指望了。他们只有这两封介绍信。回公寓时一路听着电车的不住的当当声,心里烦躁已极。进了屋,各自默默喝了一杯开水,上床蒙头便睡。

第二天,李来了,仔细询问了情况,叹口气说:

"我当年也是这样。可是现在没有黄埔军校了。武昌政治干部学校也没有了。现在哪有给穷学生办的,不要文凭又不要钱的学校呢?"

他愤怒地掏出一块钱向桌上一拍,说:

"说来说去,还是这个臭东西作怪。你们要有钱,也不至于连中学都上不起吧?"

李邀他们出去吃饭,说他知道公寓有客饭,可是吃不得,要带他们到有北京风味的一处去。"价廉物美,不是请客。"他是个失业的人,当然也不能让他请客,只能小吃。

三人一同在大街上走。李指指点点,讲西单牌楼如何拆去,西四牌楼如何还不拆。走到西单南边,指向西的一条大路说:

"这是石驸马大街,原先的女师大就在这里,男师大在和平门外;现在合并了,不分男女了,校舍还在两处。来,这街口对面这样的铺子想必你们没见过。跟我进去。"

这是一间很宽敞的大屋子,一张张红漆木板子盖在大酒缸上当桌子,旁边放着凳子。门口玻璃柜中和柜后摆着许多小碟子,酒瓶子，一盆盆菜。也有分好在小碟子里的，是花生米之类下酒菜。柜后一张桌子，桌上摊着账簿，桌旁坐着一个人，记账兼取菜。对面，另一边，是大炉子，一个上面煮着一大锅开水，像是下面的；一个上面放着平底铛子，是烙饼的；还有一个上面放着炒锅。几个人在忙着切菜，下面。

三人一落座，伙计过来，放下三个大酒杯。

"来四两白干，随便几样下酒菜。"李说。然后对两个同伴说，"这是酒缸，同南方茶馆性质有点像。这些酒菜和酒都是论'大枚'的。吃的也不贵。一会儿再跟你们说。"

那时是小两，一斤十六两，一大酒杯就是一两酒。一个温酒的上有喇叭口的锡酒瓶只装二两酒。北平这时通行的不是"当十"（当十制钱）的小铜圆，却是"当二十"的大铜圆，叫作一大枚。制钱早已不用了。票子也是论"枚"，有二十枚或四十枚一张的。一块钱合多少铜圆有点涨落。一元合十角但没有硬币，还未通行角票。钞票只有几家的可用，东北的"老头票"不能用。银洋有"光绪通宝"的"龙洋"，上面有条龙；有"袁大头"，上面有袁世凯的头像；还有"鹰洋"，是墨西哥的银币，上面有一只鹰和一些外国字。这些银洋都有假的，声音不一样，成色说是七钱二分银子，也不一定。钞票也靠不住。"大枚"和"大枚"票子还没造假。"酒缸"的酒和菜价都是用一大枚、两大枚作单位。摆一摊子不过值几十枚。一角钱可以抵四十枚左右。

这些都是李一边喝酒一边说的。不过他们在吃早点时从烧饼、"油炸鬼"、豆浆就知道用"大枚"了。

"伙计，再来四两。"李的酒量不小，青年 A 还可以陪，青年 B 一大杯没喝完，脸早已红了。其实两个四两加一起才半斤。这种白干，李可以独自喝半斤以上，青年 A 也能勉强喝半斤不一定醉。

于是越谈越高兴。这里的酒除"白的"外还有"黄的",是山西黄酒。他们只喝"白的"。

李有了三杯酒下肚就滔滔不绝了。他自称是个戏迷,问那两人懂不懂戏。"酒缸"同茶馆一样贴了"莫谈国事"条子,谈戏当然无妨。

青年 A 这时有了点酒意,想卖弄他在 F 县民众教育馆听唱片得来的一点知识,说:

"只在乡下看过庙里戏台上唱的'杀子报';还听过唱片'马前泼水''徐策跑城';看过戏本子,上面有'牧羊卷''小放牛''小上坟''丑表功';可没见过真正的京戏。"

李一面听,一面笑,听他说完了,打了一个大哈哈,喝了一口酒,说:"你讲的全是海派戏,不是京戏。还有'莲英惊梦',对不对?"

青年 A 忘了提起这一张好像是时慧宝唱的唱片了。他一直不明白莲英是女的却为什么要用大嗓子唱。自己知道必是说错了,可是带着酒意还不服输。回答说:

"真正的京戏唱片也听过几张。有谭鑫培的'空城计''李陵碑''四郎探母',还有小杨月楼、李吉瑞,不知算不算。"他没敢说"刀劈三关",怕那是海派。

李倒不笑了。他觉得这个乡下孩子居然说得出一串又一串戏名,也不容易。便耐心解说,汪笑侬的"汪派"、麒麟童(周信芳)的"麒派",为什么是"海派"。他又说:

"老谭怕人学去他的戏,唱片灌得靠不住。那时灌唱片技术也不行,又翻印了多次。谭派现在变成余派了。现在是余叔岩,学谭又超过谭。那真是一绝,百听不厌。'小叫天'谭鑫培,'云遮月'的嗓子,那是唱给慈禧太后听的一绝,现在是历史了。"

"杨小楼呢?"

"他是武生。"

"梅兰芳呢?"

"他是旦角。听戏就是要听老生戏,听韵味。老生唱腔就只有谭派。谭派今天就推余叔岩。不论谁学老谭,怎么变化,也盖不过他,余叔岩。可惜他现在不唱了。"

随后他讲起,京戏叫"听戏",不叫"看戏"。说从前戏园子前面几行桌子是竖排的。听戏的人横着坐,耳朵对着舞台,闭着眼睛揣摩韵味。做工是后来才重视的。唱、做、念、打,唱是第一。又问懂不懂西皮、二黄的分别,板眼的讲究,什么叫"咬字""上口""尖、团音"。

青年Ａ也不敢不懂装懂了。

李一面讲授,一面还在桌上打着拍子,解释板眼,并且低声唱"南阳关",说这是入门戏。"恨杨广,杀忠良,谗臣当道",还带着锣鼓点子。又告诉他们,戏台上打鼓的是指挥,全台戏跟着他的鼓点子。

"原板是一板一眼,慢板是一板三眼,还有流水板、快板、倒板、摇板等名堂,一下子讲不清。不知道这些,就别去听戏,瞎花钱。"

李还想要酒,两青年怕他喝醉,急忙阻挡。他笑了笑,喊:"伙计!来三碗刀削面,三碗拨鱼面。"

伙计吆喝以后,李告诉两青年可以过去看看怎么做的。两人到炉边一望,果然是用刀削一块面,又从碗里拨出面下锅,真像一条条鱼。

"这铺子是山西人开的。这是山西做法。你们尝尝。这里也有面条、炒饼、烩饼、烙饼,也有炒菜。小酒缸就只卖酒和下酒菜。吃'抻面'另有地方,叫'一条龙',下次带你们去尝。在北京,除京戏以外,我欣赏的就是'酒缸'。怎么样?不坏吧?吃了半天,三个人,过不去一块钱。不要去下馆子。有的馆子看来不入,菜不好,价却高,叫作'小吃大会账'。不要上当。公寓的伙食不好,可以到'酒缸'吃。不喝酒也行。这里有黄酒,我不喜欢,不过瘾。白干也不止一种,别喝太次的,'上头',伤身体。"

结了账,李乘酒兴请他们看电影。便去附近一家中天电影院。已经开演,只买到最前一排的三张票。

进去坐下,离银幕太近,要仰起头看。人影子太大,晃晃荡荡,看不清。不一会儿,人像不见了,出现了字幕,是对话。字幕过去,又接着演。一会儿又是字幕,屡屡打断。那是无声片,对话都是字幕,上一行英文,下一行中文翻译。看了半天也不知演的是什么,只听园子里观众有时大笑。

"这是罗克演的笑片。前面还有贾波林(卓别林)的,那要好些。我们来晚了,坐得太靠前了。"

因为喝了酒,都有些困,没看到完场就出来了。两人始终不知看的是什么电影,心里想:若电影就是这样,再也不看了。还要一角钱一张票!

李回家,两人回公寓睡了半天。

醒来相对发愁。

"一板一眼,一板三眼,我们这样还不知道哪里会来一板子,打下哪一个眼里去,出不来呢!"

又一天,李来请他们晚上去他家吃螃蟹,大约是快到中秋节了。这次才见到李的姐姐和母亲,当然还有那位教授姐夫。两青年都不敢喝酒,怕失礼。就这样,李教导他们怎样吃螃蟹时,青年Λ还偷看到那位姐姐在窃笑。那位姐夫昂首天外,旁若无人,用一个大杯子自斟自饮,不知是什么外国酒。青年A心里想:自己在家也不是没吃过螃蟹,不过没有这么大就是了。有什么好笑的?他决定不再去李的家里了。

方和戴两人都是大学生，却从不见他们去上课。戴常常晚间出门，有时方、戴两人一起。戴忽穿绸衫，忽穿西装，常对墙上挂的一面镜子照来照去。穿西装时，颈下挂一条花领带，飘来飘去，还一次一次换花色。青年Ａ想：在《小说月报》上看见过拜伦和歌德的画像，都不是这样结领带。《饮冰室文集》前面有梁启超的赴美时照片，少年英俊，穿的西装，颈下是一个蝴蝶结，也不是带子。现在怎么时兴这样？戴在院子里进来出去时的得意样子，实在有点看不惯，他也就不大愿意去上房了。

方不像戴那样，还常来看他们，但无力相助。

有一天晚间，李兴冲冲地来了，约他们去打台球。

"是乒乓球吗？"

"不是，上海人叫打弹子。现在这里人迷上了，风行一时，东城、西城都有了台球房，就是上海的弹子房。我带你们去见识见识。西单就有一家。"

三人到了那家台球房，推门进去，是一间大厅，摆着几张球台。台上是绿色毯子，上有三个象牙球，一红，两白。已经有人在打了。

过来一个花枝招展的女招待，招呼一声，便引他们去一张空着的台边，拿过两根球杆，递一根给李。她好像认识李。另一根向两人面前伸过来，两人都不接。李说："他们还不会。还是你陪我打。"

李举起球杆，仿佛是将杆头在台边用一个粉扑子似的东西擦了几下，便俯下身去，对准白球，瞄了半天，一杆子打去。白球滚过去碰红球，两球碰桌边，来回几次，停下了。

女的笑了笑，也弯下腰去打白球。她并不需要瞄准，随手一打，又是白球碰红球，两球碰桌边，一颗球向桌角一滚，不见了。原来那里有个洞，球掉下去了。

李不服气。女的捡出球来。李又去打。这次打中了，居然掉进洞去。

于是女的到墙边去，在一个挂在那里的大算盘似的东西上拨过一个珠子，算是李得了一分。

两青年在窗子边的椅子上坐下看他们打球。那边的两张台子上好像并不是女招待陪着打。有的是两个男的打，有的是一男一女。另有个女的在计分，大概那才是女招待。

不知打了十五分钟还是二十分钟。李和陪打球的女的边打球，边说笑。时间到了，放下球杆。李掏出票子交给女的，不知是多少钱。

出来后，李说：

"这东西玩不得，玩上了瘾，天天想玩。除照规定时间交打球费用外，还得给女招待钱。若是要她陪打，还得多给。打球还可以赌输赢。这些女招待都打得好，绝不会输。这本是一种运动，到了中国成为赌博。我打了几回，还没有上瘾。你们千万不可学，看一次就行了。"

两人都想，上学校念书都没有钱，哪里还有钱学打台球？

除了"酒缸"、京戏、电影、台球以外，李还告诉他们一些北京风俗。他其实原在南方，大革命失败以后，才脱离军队北上，也不过两三年，口音还没大变，讲起话来却像老北京口气，成为他们到北京后上第一课的老师。但是李对他们的上学毫无办法。

青年B和A不同，他不但常去上房见方和戴，而且也常到李家去，和李的姐姐也有点熟了。有一天他又到李家去，回来后脸色阴沉，说："老李也要走了。真想不到会有这样的事。"

前一天李上午出门，下午回来发现只有老母亲一人在家，姐夫和姐姐双双不辞而别了。事先一句招呼也没有打。离大学开学上课也还有几天，用不着这样匆忙。老母亲只得到女儿一句话："以后会给你每月寄生活费的。"本来是姐夫一人去沈阳，姐姐在家侍奉母亲；这样一走，分明是把母亲和弟弟甩开了。李很生气，说是教授拐了夫人私逃，真是奇谈。这样一来，李不得不赶快自找职业。北平无法想，他决定去南京。别处他没有朋友可找。

两青年决定到"酒缸"给这位认识不到一个月的老友兼老师送行。

李一字也不谈家里的事，只嘱咐他们以后要小心待人，说现在真是"人心不古，世路崎岖"。其实是向来如此，古时的人心和世路又何尝两样？他又说，也不可多疑，毕竟还有好心肠人。这自然不错，李是一个，方也算是一个。

"你们尽管放心，我保证决不会给草头将军（蒋）当奴才。"李一拍酒缸上的桌面，把一只大酒杯震得跳了一下，一颗花生米跳出了小碟子。

他不让他们送行。他直闯虎穴，到蒋王朝的"辇毂之下"去混事，又不知换了什么名字。

以后青年B还在南京见过他，仍然豪气逼人；可是干的什么事一字不提，只说是自己的墓碑上可以题八个字："死有余辜，问心无愧"。果然，他被他的原先校长杀害了。据说罪名是盗运军火。

方为他们两人的上学想不出任何办法，补习也找不到门路。他的父亲曾跟随方振武任过短时间的省政府要职，也算是个不小的官，但是给儿子上学的花费却严格规定每月的数目。他有少爷的资格，却没有少爷的本钱。戴不是少爷，但是家里不限制他花钱，所以能摆出一副大少爷的派头。不过两个人无非是吃馆子、逛公园、看外国电影、打台球、听京戏之类，不上课，也不是胡作非为的"衙内"，还够不上做"玉堂春"里的王三公子。钱来了，花个痛快；花光了，蹲在公寓里吃白菜。他们不上课，只一年一年等着拿文凭。公寓掌柜的深有经验，挂号信一到，他先知道；汇款单要公寓盖章才能取钱，他去代取，先扣下公寓的费用。

"你们每学期还考试吗？"

"那是当然。不考,怎么升级,毕业?"

"临时准备来得及吗?"

"来得及。带着讲义去,临时翻翻,写卷子时不看就是了。反正白纸上写满了黑字就及格。"

"答错了呢?"

"照样及格。只要不是空白卷子。那些教授根本不看卷子,只看字写得多少好坏来分别多几分、少几分。一律及格,六十分到七十几分。有人答非所问,也得六十分。教员为什么要不给及格?分数又不是他私有的。学生不及格,不选、不上他的课,他的饭碗成问题。不及格的多,有了不毕业的,投考的会少,学校会招不到学生,砸了牌子,哪里来的钱请教员?这不是明摆着的事吗?谁有功夫,谁要学习,就去上课,找教授去。这是'姜太公钓鱼,愿者上钩'。我们已经混了三年,开头还上课,后来明白了,不大去了。北平也住够了,老问父亲要钱也不是事,再过一年拿到文凭就要走了。"方说。

这也算是给两青年上了一课:文凭是一切。

他们到了一个多月,政局发生了变化。八九月间汪精卫来到北京。十五日报上登出照片,宣布成立另一个"国民政府",阎锡山当主席,冯玉祥、汪精卫当副主席。冯在前线督战,这是阎和汪勾结起来唱的戏。他们只是靠反蒋招牌联成一条线,实际上各有打算。

新成立的政府下令:北平改回原名北京。可惜没有满三天,报上就登出张学良的一封电报。这不是给"各报馆钧鉴"的"通电",而是用一个字打倒了阎汪政府。因为第一句是"南京国民政府钧鉴"。若是"南"字改"北"字,蒋介石的仗便不好打了。可是这个署名"职张学良叩巧"的电报是承认南京政府的。东北军从后面打进关,北京如何抵挡?于是阎锡山立即逃回山西,汪精卫逃到天津乘外国船

"出洋"，冯玉祥收拾西北军向西北退去。张是专等阎、汪成立政府，来个措手不及，师出有名。这同不多久前他的杀死杨宇霆以及东北"易帜"一样做法。他是专会下这"迅雷不及掩耳"的一招棋的。后来的"西安事变"也是这样。不过也有失算之处。他的"巧"电是韵目"十八巧"，日期是一九三〇年九月十八日。整整过了一年，日本军便占领沈阳，东北失陷，他再也没有回去。

　　人做事，不论大事小事，"板眼"总不能扣得像唱京戏那样紧，一丝不差。书法家和画家也不能没有败笔。下棋难免失招。

　　两青年来到北平，是落在"板"上还是"眼"上呢？

七　家庭大学

大学的门进不去，却不妨碍上另一种大学。

初到北平的一个多月里，青年A在火车站先得到一位"把头"上了一课。后来老李又给他系统地讲了几个专题，"酒缸"、京戏等。

公寓掌柜永远是那样点头哈腰，面带笑容，还没露出另一种脸色。虽没来挂号信，但第二个月的钱已经要去了。伙计永远面无表情，只做照例公事。除说出自己是唐山一带人以外，什么情况也不透露。公寓住客几乎都是学生，互不招呼，陌生到底。

过不了几天，青年A便自封为"马路巡阅使"，出门去走街串巷了。他不敢走远，只在西单一带溜达。

他在石驸马大街的原先女师大的门前徘徊。看男女学生进进出出，有时还有坐包车（专用人力车）来的夹着皮包的教授。他对这些大学生不胜羡慕之至。心想着他所知道的女师大的著名教授鲁迅、钱玄同、黎锦熙、杨树达。这些人的书和文章他读过，以为教授都是这样的大文豪、大学问家。

在离师大不远的世界日报社门前，他每天看张贴在报栏里的当天的报纸。从大字标题新闻到副刊和广告都不放过。他觉得这里的报纸和上海的《申报》《新闻报》不大一样。

一条条胡同里转来转去，终于在宣武门内发现了一条头发胡同。北京的地名奇怪，有很难听的"皮库"胡同，又有并不很细长的"头发"胡同。不料这条胡同里有一大宝藏：市立图书馆。这也是大学。

他走了进去，从门房领到一个牌子，便进了门，不看文凭，也不收费。

这是两层院子。外层院子长方形。靠街一排房子是儿童阅览室。里层院子是方形。一边厢房是阅报室，一边厢房是馆长室和办公室。正面三大间大房打通成一个大厅，中间空一块，两边相对是一排排桌椅，每人一桌一椅，行间有通道，正面一个柜台，台后桌子两边对坐着两个女馆员。后面有门通书库。也许后面还有个院子。柜台两边靠墙有书柜，一边是目录卡片柜，一边是上下两层玻璃柜，上一层是"万有文库"，下一层是一些同样大小的英文书。下面光线不足，望了半天，才看出书脊上共同书名是三个词："家庭·大学·图书馆（丛书）"。目录柜中一查，古旧书不多，洋书只有摆出的那些，几乎全是"五四"以后的新书。

这下好了。有了大学了。青年A便天天来借书看。中国的，外国的，一个个作家排队看"全集"，有几本，看几本。又去隔着玻璃看"万有文库"的书名。其中有些旧书是看过的，许多新书不曾读过。于是他用笨法子，排队从头一本本借看，想知道都说些什么。《史记》《石头记》《水浒》以及《因数分解》《轨迹与作图》之类就不借了。有的书看不明白，简直不知所云。例如康德的《纯粹理性批判》和弗洛伊德的《精神分析学引论》，都是文言译本，看来好像比柏拉图的《理想国》还难懂。他想外国人原来一定不是这样讲话的，外国书不看原文的不行，变成中文怎么这样奇怪，不像是有头脑的人在说话。于是他奋勇借阅"家庭大学丛书"，也从头一本一本借出查看是些什么，硬着头皮连看带猜，还是有懂有不懂，但觉得有的书比那几本文言译本还明白些。他认为这不是文言之过,因为严复、林纾的译文也是文言,却明白如话,看得下去,也有外国味。怎么外国哲学家的头脑特别?他因此下决心学外国文,倒要看看外国人怎么说话作文,怎么思想,是不是有另一种头脑,中国人懂不了。

到哪里去学英文呢?补习学校也进不起啊。

除上图书馆以外,他仍在街巷中"巡阅"。有一天偶然看见一家大门边贴着一张红纸条,上写:"私人教授英文"。

进去一问,原来是一位三十来岁的人,说是课本自选,语法也可以教,从字母学起也行,每天下午一小时,每月学费四元。这里就是他的家。

他下决心学,交了四元学费。他已接到家信,批准他留在北平上大学,过旧历年前可以再汇一笔钱来。

学什么呢?从家里带来一本破旧不堪的《英华双解辞汇》,一本《英文典大全》和一本《英语构造法》,都是英文本,但非外国原著。《纳氏文法》等书哥哥说自己要用,不给他。这几本不合用,得去买。

去西单商场新书摊上看了看,又到一家旧书店去找,却不知买什么好。记得那位在上海大学上过学的说,他念的是苏曼殊的《断鸿零雁记》英文译本。这本书他不喜欢。忽然看到一小本世界书局出版的《少年维特之烦恼》英文本,后面还附点词汇,很便宜。他想起一些同学和朋友迷上这本书,是郭沫若译的,他也看过,却不知好在哪里。他对那位爱朋友妻子而自杀的维特没有好感,不懂得爱上了人为什么要自杀。并没有人妨碍他去爱,要爱就爱好了。他想歌德这书在当时德国和现在中国这样风靡一时,郭沫若都肯介绍,可见其中定有奥妙,从汉译看不出来。德文的看不懂,英文译本总比中文译本更接近原文吧。于是花两角钱把这本半新不旧的书买了,当英文课本读。

第二天去那人家里学英文。老师一见要念这个，他也没看过，愣了一下，也没说什么，就从头一句一句讲。青年 A 既看过中译本，又先查过生字，一听之下，觉得英文也并不难。学了几天，读了开头几封信，自认为自己查查字典也能看下去，而且觉得那英文不比郭沫若的中文好，还是看不出歌德的天才在哪里。想来只有读德文时再念原文了，便向老师提出。老师欣然同意，说，学英文当然要念英国人写的书，翻译总是不如原文，尤其是文学书。他认为英国诗没有一首能译成中文不走样，译得好也只能算是中国人重作的。

那么读什么呢？请老师推荐一本。屋里连书架都没有，只有几本书堆在桌上，老师便拿过一本给他看。这是商务印书馆出版的那种硬书皮的读物，家里有几本，如《天方夜谭》等，不过这一本他没见过。这书的中文名称是《阿狄生文报捃华》。

"这是英国散文的模范，值得精读。这才是英文，真正的英文。英国学生都要熟读的。"

他去旧书店找了一本，廉价买来。

果然这本书和他所知道的和想象的都不一样。越读越觉得像中国古文。他那时还不知道这也是英国古文。那种英文句句都得揣摩，看来容易，却越琢磨越难。明明是虚构的人物却活灵活现。又是当时的报纸文章，牵连时事和社会、风俗、人情、思想。又不直截了当地说，而是用一种中文里罕见的说法。他以为这大概是英国的韩愈、欧阳修吧。

"富兰克林学英文就是念的阿狄生。"老师这样一说，他更认为这个矿非开不可，越不懂越要钻。一看就懂的也得查究出不懂之处来发问。教学渐渐变成了讨论。讨论又发展为谈论。从文体风格、社会风俗到思想感情，从英国到中国，从 18 世纪到现代，越谈越起劲，最后竟由教学发展到了聊天，每次都超过了一小时。甚至他要走,老师还留他再谈一会儿。后来两人都成为阿狄生在《旁观者》报上创造的那位绅士的朋友,而且同样着迷于谈论。两人都自觉好像在和18世纪初年英国的绅士一起谈话。那位绅士,或则阿狄生,还有另一位编者斯蒂尔,也在旁边用写的文章参加。教学英文不是念语言文字而是跑到英文里去化为英国风的中国人了。

"这问题,假如是阿狄生,会怎样说呢?"

"爵士提起手杖,微笑着,说……"这爵士就是来学英文的青年学生。他把英文、中文混合起来乱讲,也不知是背诵书本,还是做练习,还是发了疯。

糊里糊涂一个月满了。他想想好像是从德国跑到英国兜了一圈仍然在中国,这样每月花四块钱来作不中不英亦中亦英的聊天不大合算,同时也想省钱,便告辞说下月不来了。

老师有点怅然。他说,以后不交学费,有问题也可以来问。一个月来已经成为朋友了,希望不要忘记他。他是大学英文系毕业以后教书,得了一场病,病好了家居休养,招几个学生在家教,却从未遇到过这样一个学生。据他说,不仅安慰了病后的寂寞,而且精神振奋,感觉到大学四年学的英国文学只是应付考试的表面文章和零星知识,学的都是死的,不是活的,以后要从头学起,真正研究英国文学。许多问题是从来没有想到的。

事实上,他不知不觉把自己在大学四年中所学的英文要点和心得给了这个学生,或则说被学生掏了腰包而自己还不知道。这不是他教出来的,可以说是学生学出来的,真正说来两者都不是,而是共同发生兴趣结伴探险得来的。

青年A想:这回岂不是进了"家庭大学"吗?

不料还有一处"家庭大学"等着他上,上得时间更长,得益更多,而且不费一文钱,当然是既不要文凭也不给文凭。

有一天他在《世界日报》小广告栏中看见一则："私人教授世界语。每月学费一元。宣武门外上斜街十五号。"

他在教小学时曾向上海世界语学会办的世界语函授学校交过一元钱，学过一气，不过全是从讲义学，全不上口，发音靠自己跟哥哥学英文《模范读本》时的国际音标训练无师自通的。他总想有一天张嘴同人讲讲试试。那时周围的人都笑他幻想，空谈，无政府主义，虚无主义，等等。他不知道给他改练习卷子的是胡愈之、巴金、索非等人，也没有学到底。

看到小广告，他高高兴兴找去了。

这是一所大宅深院，门口和前院好像没有人住。大门旁有根绳子，旁边纸条写着"找人请拉铃"。他拉了铃，从后院跑出来一个十来岁的女孩子。一问是否有人教世界语，她说："啊！我去告诉叔叔，先请到里面。"引他进门到旁院一个大客厅中，女孩跑进后院去。

这间大厅陈设简单，但很古雅，挂些字画。他向壁上挂的中堂条幅一看，写的是一首词，末尾赫然署着："宣统十六年秋于宣南"。

他吃了一惊。宣统只有三年，哪里来的十六年？却又明明是白纸黑字，一点不错。字写得很好，词也不是一般手笔。难道是一个奉前清"正朔"的遗老教世界语？这就奇了。

一个四十岁左右、头发秃了一半、牙齿也出了豁口的中年矮个子笑着走进大厅。

"日安！"青年Ａ用世界语说出口，自己也不知对不对。

那人完全没有想到来学世界语的竟张嘴就讲世界语，愣了一下，才连忙用世界语回答：

"日安！日安！先生！"接着改用中国话问，"先生学过世界语？"

回答是念过上海的函授学校，不过没有毕业。

"我们是同志了。"这句话是用世界语说的。

"我们是同志。"青年也用世界语重复一遍作回答。他大感惊异的是两人发音几乎完全不差,彼此能互相听懂。

"那就不用学了。我只招初级学生。北平有几位世界语老同志,将来我引见引见。请坐。请问是上学还是做事?"

两人坐下谈了一会儿,青年心中疑团越来越大,终于忍不住了。问这条幅上的"宣统十六年"是怎么回事。

"啊!这不是我们的客厅。我们是房客,住后院。这是借用房东的客厅。房东不在这里住,只有一个看门的。房东是前清遗老,所以还在遵守他的'正朔'。哈哈!"

这才清楚了。说出这位房东的名字时,青年仿佛也有点知道,那是一位有名的晚清文人。

这位世界语同志孤身一人住在他哥哥家。他的唯一嗜好便是世界语。家中都认为他着了迷。他却偏偏也有几个着迷的朋友。先出来的是他的侄女。她以为花一元钱登小广告招世界语学生是傻事,绝不会有人来学。今天居然来了一个,使这位同志在家中威信大大提高。可是事后知道,总共只招来这一个,还不是学生,成了朋友。广告费没能收回。

这位世界语老同志姓张,名佩苍,原籍河南。

来过几次后,张对他说:"你要继续学习世界语,我不能教你。这里有一位养病的同志,他才是精通世界语的,英文也好,有许多世界语书。约好哪一天我同你一起去见他。"

青年 A 上的另一所"家庭大学"又向他开门了。

这位世界语同志是蔡方选。他在匈牙利出版的刊物《世界语信使报》上有时发表小文章,名字是拼成一个词 Cajfonso。原籍江西。

这天,青年 A 先到宣武门外张家,张说:"已说好了。蔡愿意见见你,一同去吧。"两人又进宣武门,到蔡居住的亲戚家,离师范大学不远。

蔡大约不过三十岁,戴着近视眼镜,躺在院中一张藤椅上晒太阳,身旁放着一个小茶几,上面有水瓶、水杯、药瓶和一只吐痰用的搪瓷盖杯。他的病是肺结核,那时认为是无药可医的,只能静卧、晒太阳、呼吸新鲜空气、吃鱼肝油,算是一种富贵病。穷学生都害怕得这种病。

蔡允许他去看那一小架世界语书;但他没敢开口借,怕第一次见面还未取得信任。这一次的收获是得到单独再访的允许。他以后由张的帮助买到一本很早的《世汉字典》。又去访问、请教蔡之后,蔡主动说:"我的世界语书你可以随意借去看。"但他不知从哪一本借起好。还是蔡的意见:从创始人柴门霍甫的书看起吧。可以先借那本《文选》去读。

从此他又用那笨方法,把书架上的书一本本排队读下去。《安徒生童话全集》《哈姆莱特》《马克白斯》《神曲地狱篇》《塔杜施先生》《人类的悲剧》《法老王》《室内周游记》等都是看的世界语本子。后来他还译出了一篇英国人用世界语写的游记体的小说寄给《旅行杂志》,居然刊登出来,得了三十元稿费。那书也是从蔡借的。

蔡住的亲戚家的院子成为他的大学教室。在谈话中他得了不少知识。蔡是南开大学毕业,当过教员,养病寂寞,对他谈学问,不限于世界语了但关于个人私事一字不提,他也从来不问,不说,彼此不谈。

他同张的来往也密切起来。张的宏愿是编一部收罗词最多的《世汉字典》。编成了,出版家以缺少例句为理由不接受。他又编一部《中国山水词典》,出版家又以必须有名人署名为条件而拒绝。抗战开始,两本书都未能出版。他的另一志愿是开世界语书店。这由于蔡的人力支持，居然办成了，还出版了两本小册子。一本就是保加利亚的短篇小说《海滨别墅》和《公墓》的世汉对照本；是青年Ａ译出又由蔡校过的。另一本是蔡的译著。这个书店没有门面，就设在张住的兄长家内他的卧室中。房东的那个大客厅成为他的接待处。他还在那里接待过一位东欧的世界语者。办理业务主要是通过邮局。由于张，青年Ａ才知道向国外可以用邮局代收货价的办法（C.O.D.货到付款）预订书，而最方便的是向日本东京丸善书店写一张明信片买。那书店什么书都有，包括世界语书，而且来书迅速，很讲信用。

张还介绍他认识两位在两处著名大图书馆工作的世界语同志，但他从没有向他们或托他们借过书，不愿利用别人的职务，使人为难。

张在抗战时北平沦陷后抑郁而终。蔡到五十年代还在，后来因心脏病去世；始终养病，没有工作。

张告诉青年Ａ的另几处图书馆，他也都去过。

一处是在中山公园内中山堂里。他为此游了一次中山公园。这里不如头发胡同方便。

一处是北海公园内的松坡图书馆，是纪念蔡松坡（锷）的。他为此游了一次北海公园。这个图书馆设在僻静的小山中间，门口有个不大的匾。全是西文书，摆在那里任人取阅。陈设很精致。有一张蔡松坡的放大像。看不到有管理人员。无人把门。看书的人没有几个，都是中年或老年；从服装上看，全是上流人士。穿蓝布长衫的学生装束的青年只他一人，却并没有人对他注意，更没有人来监视他或竟赶他出去。因此他觉得自己更应该有读书人的风度和气概，不能被人瞧不起。这里根本不要入门证。门是敞开着的。书有许多大部头的，新旧全有。除陈列的以外，大概还有书库，那就要找管理的人借阅，要办手续了。

这时北京图书馆还未建成；建成以后，松坡图书馆的全部西文书都归并进去了。中山堂的书，国子监的书，听说也进入了那座新建图书馆的书库。

还有一处是中国政治学会图书馆。这是供会员用，不对外的。张告诉他也可以去。他去过公园中两处便胆大起来，也去观光。本来听说在太庙里，由此他游了一次太庙，却不料有门在外，通南池子。这是一个大院中的一所楼房。里面也几乎全是西文书，有一些日文书，几本中文书是政治学会自己出版的或是会员的著作。进门也没有人管，只在楼下入口处放着一本很大的签名簿。一看簿上都是稀稀落落大字的名流的名字，他没敢提起旁边的毛笔或钢笔来把自己名字夹在中间。也没有人管他是否签了名。书架从地板直到天花板，有可以移动的阶梯凳子供人上去取书。楼下还有一处摆着外国报纸。他第一次看见伦敦《泰晤士报》，字那么小，有那么多张。还有东京的《朝日新闻》。楼上大概还有供休息饮茶以及谈话或开小会的地方，他没敢上去，知道那是供会员使用的，自己样子就不像会员。他看见走进来的两三个人都是西服革履、鼻架眼镜、手抱皮包的教授神态的大人。分别来的这几人中，每人进来时都连望他一眼都没有，仿佛他并不存在，有隐身法。那些人也只找书、看书，不说话，同在松坡图书馆里一样。

他巡视的结果是认为自己的大学除别人的家中有不收学费的老师以外，还是头发胡同的图书馆。这不是他一个人这样想。后来他在这图书馆中结识了一些穷学生朋友，大家同有此感。特别是冬天，这里有个大煤火炉子，比公寓里生煤球小炉子暖得多，而且不花钱，又有烟囱不怕中煤气。有一次有一个穿得很单薄的女孩子拿一本书站在炉旁看，显然未必是为读书而实在是为烤火而来的。柜台后的女管理员毫不干涉，认为很自然，不当回事。冬天上座率由此比夏天高。

青年 A 到北平来后第一个月就进了这样的特别大学。他的老师中没有一个人有什么头衔。

他还进了一所更加不像样的大学，那就是旧书店和书摊子。他常去站在那里一本本翻阅。旧书店里的人是不管的，无论卖中文书的或卖西文书的都不来问你买不买。因为是旧书，也不怕你翻旧了。卖新书的书摊子就不同了。翻看而不买，久了就遭白眼。还有琉璃厂的古旧书店里那种客气神态是招呼常来的教授学者的。对他们是把书送上门的。摆在架上的书不过是做样子。他们来了总要"请坐，请茶"。对待穷学生的冷淡神态等于驱赶他们出去，告诉他们这里不是大学。同样地方，到过年时路旁的"厂甸"书摊子最大方，可随意翻阅。那时北平还保存着北京古都城留下的风格，逐客令是客客气气下的。有些大店门口站着说"您来了""您去了"的人实际是监视人员。有些店员客气得使顾客不好意思不买一点东西应酬一下。这些地方当然他不便问津；不过去古书店一次，了解情况，也是上了一课。

八　课堂巡礼

青年 A 却也进过大学的课堂，还不止一处。

谁来引进的呢？

青年 B 决心暂时不进大学，以后再说，先找个职业。方介绍他到安徽小学去当教员。每月二十五元，管住。他对 A 说，如果家里接济不上，他每月可以省出五块钱来给他，使他不至于饿死。

B 一走开，A 单独一人住不起久安公寓。不说"久安"，连"暂安"都办不到。仗了他当"马路巡阅使"的经验，找到了一家便宜的公寓，搬了过去。

这是一家小公寓中的和大门连成一排的小房间。一共两间，他租下靠角落的阴暗的更小更便宜的一间，和靠大门的一间只有薄薄的有缝的木板壁隔着。分明这本是一间房，隔成两间，开两个门，分别出租的。大门另一边是掌柜的账房，再过去是伙计们的住房和厨房。这也是四合院。上房是头等，厢房是二等，这里是三等。这间房每月租金三元。供伙食两顿是六元。外出早餐省点钱，或竟高卧不起，"废止早餐"。这样，一个月有十一元多一点，就食住无忧。到老师家中或者去图书馆、旧书店上学是不花钱的。路可以走去，不用车钱。

住了不到一星期，发生了一件意外的事。

本来邻居是个男的，那天早晨他起身出门却看见一个女青年站在隔壁门前刷牙，显然也是刚起床。一夜之间男变女，他竟不知道。隔着一层薄板，昨晚听得见隔壁有男女说笑声。他只顾看书，看完便睡觉，一点不去听邻人讲什么，不知怎么发生的变化。

他望了望女的。很年轻，比原先男邻居小一点。他自然不好打听。出去吃了早点回来，隔壁已经锁上了门。到晚间见到邻居男女二人双双回来进屋，才恍然大悟。昨天是星期六，今天是星期日，原来这是表演"七夕"。这一来，晚间的谈笑不免会扰乱他了。幸而那一对晚饭后又走了，也许是去看电影。他们回来时，他早已沉沉入梦了。星期一早晨女的便走了。仍然是一个男邻居。大概两人都是学生。

他想搬家，不仅是为这邻居，而且是为这家公寓里人太杂，太闹。虽然房租便宜些，住客却并不都是穷人。虽说大多数是大学生，但人品很不一样。久安公寓算是中流以上，这里是中流以下。白天卖冰糖葫芦的常进院来叫喊，还抽签赌博。小贩以葫芦为赌注，总是赢家。门外巷中到深夜还叫嚷：

"半空（花生）多给！"

"萝卜赛梨啊！辣了换。"

"卤猪肉啊！炸豆腐。"

"馄饨啊！开锅。"

有时还有卖唱的夜间进院来，响起胡琴声，招引客人。白天也偶见小男孩在胡同里走台步，唱"我本是……"。

搬到哪里去呢？这一带很难找到合适的便宜房子比这里环境更好。

他还没有打好主意，头疼的星期六又到了。不知为什么这天晚上女的没来。第二天上午女的来了。男女两人一面说笑,一面在屋里噼里啪啦收拾东西。快到中午,听男的喊伙计叫两辆人力车。原来是他们搬家了。青年A趁机出门看着他们走,好像是送行。

这下子清静了。

过了一个邻室寂然无声的星期日晚上。到星期一下午,午饭刚过,隔壁响起了悠扬的胡琴声。先是调弦,接着是西皮、二黄来了。不知搬来了什么人。掌柜的是不会让房子空着的。这位拉胡琴的邻人只怕要昼夜不息吵闹,他决心明天就找房子搬家。清静第一。希望能只算半个月房租。

不料他第二天下午从图书馆回来吃晚饭时,见到新邻居正站在房门口,好像是等着他,一见他开门上的锁,便过来主动问话:

"我拉胡琴吵了你吧?"

"不要紧。我白天总不在屋里。只希望你晚上能不拉。"他不客气地提出要求。

"晚上我不拉。我晚上有事。白天我也不拉。昨天刚搬来,一高兴,拉了起来。拉完了才想起吵了邻居。出门一看,你已经锁上门出去了。我先住的地方满院子有几把胡琴,吵惯了,不觉得。这里也许只有我这一把。"

青年A觉得这人的话太多,听口音是东北人,二十几岁,不想和他交朋友,便开门进屋,没有招呼他进来坐。

没想到那邻人看中了他。这完全是由于寂寞。这邻居青年本住在较高级的公寓里,但现在有件事使他家里没有按时寄钱来。他准备经济来源断绝时的情况,马上节约开支,住进了这间低级小屋。乍住进来,有点不惯,所以拉胡琴解闷。同时心里闷着话无人可谈,他的同乡和朋友不听他的那一套想法,认为他可笑。因此他想同隔壁这个还不脱孩子气的南方人交朋友。他家境并不富裕,可是按时寄来的钱足够他的开销，比青年A强得多。他不知道新邻居的景况，猜想是个刚到北方来的南方学生；是富还是穷，这一点他连想也没想。

这天晚上果然琴声没响。青年A觉得这人还想到别人，是个好人；不知他晚上有什么事，便出门望了望。只见原先那一对邻居在玻璃窗上加的窗帘撤走了，屋里射出灯光，邻居正在对窗户坐着，奋笔疾书，不知是写信还是作文。看来这个人不是会闹事的，便打消了搬家的念头。

终于在一方的主动之下，两人成为朋友。

"你贵处是？"新邻人问。

"安徽。"

"啊！南方人。哈，我有个南方人做朋友了。"

"不算南方，我家在长江以北。"在青年A心中的地图上，他的家乡是中国的中部，是南北之间。

"那还是南方，遥远的南方。我是东北人，家在吉林农安。听说过这县名吗？真是'有缘千里来相会'，现在住成邻居，只一墙之隔了。"

邻居兴致极好，不管青年A愿不愿意，他极力邀请进他屋里去坐。这是他搬来的第三天午饭后。

屋子小，只桌上放几本书，墙上挂一把胡琴，一把月琴。床铺和床下的箱子和另一边屋里的一样，不过箱子是大柳条箱。

"你想不想学拉胡琴？南方人不大听京戏吧？"

青年A想卖弄一点从李的口中新学来的京剧常识，但没有出口。上次遭李的嘲笑后有点后悔。这次遇上个会拉胡琴的，李的那套又未必能及格了。

"我不会音乐，一窍不通。"

"这有什么难的？"摘下胡琴便调弦，"你看，就这样。你先拉个样子。"他塞过胡琴。

青年A半带好奇心，来回模仿着拉了两下，同拉锯差不多。邻居笑得前仰后合，好容易忍住了，接过胡琴，连忙说："你没拉过，这不怪你。来，试试这个。"挂上胡琴，又摘下月琴；调弦以后，塞进他手里。"这个容易些，音调固定，用这个拨，一拨就响。姿势要这样，这不是琵琶。"

青年A的哥哥有一张月琴，但很少弹；听邻居的话，好像他连月琴和琵琶都不分，心里不服，便想着哥哥弹过的样子，拨响了几下。

"这个行。我教你西皮、二黄的过门。也可以弹别的歌曲。现在不忙，谈谈别的。"

没谈多少闲话，青年A告辞，又去"上学"去了。

这样渐渐熟了以后，青年A发现这是个正直热情的人，便消除了戒心。

"你天天晚上写什么？"

"写信。也试着写点小文章，偶然向'报屁股'（副刊）投稿。老实说，只投过一次，还居然登出来了。不过晚上大半是写信。"

没想到这还是个青年作家，却不知他这样练笔是为了一旦家里不给钱就先以卖文为生，并无当作家的远大志向。

"哪有那么多的信写？"

这可正是邻居青年盼望他问的问题，这便开了话匣子。

"你不知道，我认识了一个女朋友，在天津。我天天晚上给她写一点，当作面谈。她在上大学，时间不多，一星期才一封信。我天天写，合起来寄，每星期两封。"

没等他说完，青年A把心事问出来：

"她是每星期日来住吗？"他怕前后邻居一样。

"那哪行？到寒假也许会来，一定会来的。我们是暑假才认识的。

你说到哪里去了？远远不够那个程度哩。"

青年 A 放下了心。邻居怎样描述、夸耀他那个女朋友，他都没听进去。至于交了这个女朋友惹起家庭不满的情况，自然邻居也没有讲。

"你们两个都上大学，怎么你能天天写信，她却没有工夫写？"

"那可不一样。她上的是女子师范学院，功课紧，大考小考不断。她说每天夜里都得忙功课。我上的大学是呀呀呜的，上课不上课一个样，到时候拿文凭。她那里照这样可不行。她功课好，所以还有时间谈恋爱；功课差了，一忙，哪有这份闲心？写多少情书也打不动。没工夫回信呀。这可是她说的。"

"上课和不上课总不会一样吧？怎么说，上课听讲也比不听强。我想上课还没机会呢。"

"那有什么难？你明天跟我上课去。一上课你就知道了。国立大学我不敢说，这几个私立大学，除教会办的以外，没有像样的。也有名教授，也有好学生，几个学校又都自吹是辛亥革命后老革命党人办起来的，叫作什么'中国''民国''朝阳''平民''华北''郁文'，等等，名字好听得很，可是事实究竟怎么样？事实胜于雄辩。东城的朝阳大学法律系出了几个法官、律师，就有点名气。其实谁都知道，那不是靠上课，是靠关系，是靠名流校长不单挂名。我眼看就快毕业了，饭碗还得靠拉关系。上课有什么用？念死书。书里没有'黄金屋'，没有'颜如玉'，那种时代过去了。不过话说回来，我那天津女朋友上的学不是这样。她对我的这点想法很不以为然。就只这一点我们有点意见不投，别的都很好。"

他关心的是女友，而听话的人关心的是上课。

"我连大学的大门还没进去过呢，哪有好运气去听课？"

"唉！你太年轻了。我还是比你大几岁。明天我就带你去上课。

凭你挑。文科有中文、英文、教育，法科有政治、经济、法律，爱听哪门课都可以。没有理科，没钱买实验设备。教育部卡住，没理科不能算大学，理学院还得至少办三个系，数、理、化，光办不要实验的数学系还不行。这几个大学都办不起理科，被教育部改称学院；但他们还是自称大学，门口照样挂名人题的大学招牌。还有农、工、医、商、法政等大学也被教育部改称学院，合在一起叫北平大学，实际上还是各办各的大学。教育部最爱多管闲事，在名称上下功夫，也许和经费有关吧？教会的大学它管不了，那是外国人出钱办的。外国人，谁敢惹？"

"不是学生，进去上课没人管吗？"青年A只问自己关心的问题。

"谁来管？学生不管，只要你有座位。教员不管，听课的学生越多，他的名气越大；没人听课，他的饭碗就成问题了。学校的本钱是文凭。你不要文凭光上课，是给它捧场，又坐不坏它的椅子。上课的学生越多，越证明学校办得好，热热闹闹，更能招揽学生，便于筹经费。这些大学只怕学生不上课，不怕不是学生来上课。不上课的学生多着呢。我就是一个。像你这样不要文凭要上课的，我连听都没听说过。老弟！你太年轻了。当然，国立大学、教会大学不同，它们的门槛高，架子大，文凭值钱，不准外人进大门。"

不管怎么样，第二天一个领着一个去大学上课，好比看电影。

这个大学在西城角落里，地名是太平湖，并没有湖，是一座王府。这是辛亥革命后几个老革命党人办起来的，所以称为民国大学，在当时是很新鲜的名字。可惜革命党和革命党人越来越没力量，官做不成，做不大，无权，无钱，这大学也就成了苟延残喘。经过袁世凯的洪宪、张勋的复辟、曹锟的贿选、吴佩孚的武力统一，直到这时阎、汪、冯的三天寿命的第二个国民政府，民国不属于民，名存实亡，这个民国大学居然还没关门，就算是奇迹了。大概它的文凭还能充当一层资格。不过国民党正有人对它作打算，很快就要伸过手来。

因为学校一办起来就没有钱，所以王府还是王府，既没新建，也未装修，只是大门和一些房屋门口加了新的招牌，室内摆上一排排桌椅改成课堂布置，有的屋子变成办公室。有块空地上添了足球球门、篮球架子和一个秋千架，算作运动场。场上空无一人。这样倒好，古色古香一座破落园林，好像抄家后的大观园。风景还不错，房子真是破旧。就这样，王爷让位给了"民国"。

门口传达室不问外来人。你不找他，他不问你，清静无为，只偶然有关系人物借打电话。里面的注册课、讲义股之类以及长年无人的校长室都是像老商店一样，顾客不上门，绝无人出来拉生意。这样的自由散漫倒有点"民国"之风。

上什么课呢？

开学不久，有不少课还无人上，学生、先生都不齐全。在课程表上看来看去，才想起去上一课"教育学"，说是系主任亲自教的。

邻居青年不愿陪，他说是早倒了胃口了，实在不耐烦坐着听。他指引了去课堂的门径，就说：

"师父引进门，修行在个人。反正你只管随随便便大摇大摆进去，坐下听课，包管没人赶你出来。用不着我保镖。这不是中学、小学，没有点名之说。大学生了，不是小孩子，大人上学还要点名？笑话。带书不带也没人管。不过讲义是要交了讲义费才能领的。"

青年A大着胆子进了那间不大不小的课室。学生不多，座位有的是。他到后排一个边上坐下，四周无紧邻。

摇铃上课后，进来一位头发有点斑白的矮矮的老头子，也不过五六十岁光景。他进来上讲台，把皮包在桌上一放，也不打开，有个椅子他也不坐，也没有人喊起立、敬礼。真是同中学、小学大不相同。

这位老教授戴一副眼镜，穿一身西服，皮包也磨得很旧了，这些都显示他的老资格。他不慌不忙地望了望学生，开了讲，有南方口音，还好懂。讲了一堂课几乎没写黑板。写了一次，是写个德国地名，德文。

这是本学期第一课。他没有讲义、讲稿，也不看书。皮包里不知装的什么，也没拿出来。他不知讲了多少遍，这些都用不着了。

只有头几句话有点像书本。讲了"教育"这个词在古希腊叫什么，中国古代叫什么。《孟子》里的"得天下英才而教育之，一乐也。"青年 A 以为他一定要讲，他却未提。还有杜威、罗素，都是五四运动以后来过中国，名震中国的，他也没提。他是在德国留学的吧？主要讲教育必须学德国。日本强盛，因为教育办得好，办得好的原因是学德国。德国在世界大战中打败了，因为腹背受敌，可是单独一国（大概他心中没有奥国，更没有法国拿破仑）能打全欧洲，这就是教育办得好的结果。所以中国教育必须学德国。所以他办教育系把德文列为必修的外国语。这样发挥，越说越起劲。随着讲他的经验：中国的教育。他当过什么"视学"吧？举出了中学生、小学生的例子，说明有天才学生。亏得他不假思索还能背出一个小学生的作文里的一段话。这也许是讲得遍数多了之故。他滔滔不绝，对中国的教育还没做出评价，摇铃下课了。他这一课不知是导言还是绪论，还是别的什么。他也没说下堂课讲什么，也未列举参考书。大学生嘛，还用得着这些？

青年 A 在大学的这堂"教育学"的第一课中所受的教育是莫名其妙，可见他程度太差。

他想换一门课听。一看课程表上有一年级国文课，恰好就是下一堂。他想这个不至于听不懂吧？也不至于不讲文章吧？倒要看看大学教的和中小学有什么不同。

这是个公共课程，所以教室大，学生多，但也没有坐满。他到中间坐下，看看旁边的人有铅印的单篇讲义，便借过来一看，原来是《离骚》。想这倒真是大学程度。

上课的又是一位老教授，穿着长袍，嗓音很大。他面前桌上摊着讲义不看，坐着讲，是北方口音，好懂。

这也是第一课。什么屈原生平、楚辞性质等他一概不讲。他说《离骚》是古代第一名篇，所以作为第一篇，以后再讲《史记·鸿门宴》和韩愈、欧阳修等"八大家"。关于屈原可以自己去看《史记·屈原列传》。接着便念第一句："帝高阳之苗裔兮"。

讲义上有些双行小字夹注，一望而知是从《文选》的注中摘抄出来的，不是现代新注，简单之至。这位教授也不作考证，也不提问题，照本宣科，用白话译又不译完全，半文半白。究竟屈原是哪年生，他也不管。"庚寅"就是"庚寅"，什么年月日时都无须乎考证。他还算解说了一句：念《离骚》就是念文章，不是念历史。考证起来没完，一学期也讲不了，所以只读本文。这样进行得很快，估计一堂两堂课就念完了，不知这是不是他的计划。不料讲了一页，他忽然离开了本文讲起什么是"骚"。不是讲文体，而是讲"牢骚"。于是他大发牢骚，大谈切身体会。讲（北京）教育部当年不发国立大学的经费，拿不到薪水，到了旧历年关，他全家如何焦急，简直是"牛衣对泣"。讲得有声有色，学生多数听得目瞪口呆，仿佛真的屈原上堂"现身说法"了。他的经历远未讲完，摇铃下课了。他抱起皮包就走。究竟那次年关他如何度过的，一字未提，"下回分解"了。

青年 A 大失所望。文章选得好，老教授想必是有学问，可是这堂课却不知上的是什么。若说讲古文，他心中很为家乡几位小学老师抱屈，他们讲得清楚得多。也许那是对他这样的小学生而言，大学讲课当然是小学生所不能明白的。

回公寓吃午饭时,邻居过来问他还听不听下去。

"听。"他决心再试试别的课。

他想教外国文总不是这样吧?

他又去上一年级英文课。仍是那个国文课的大教室,但到的学生比上国文的多,几乎坐满了这雕梁画栋的旧王府大厅。他挤到中间去坐下,借旁边的人手中的书一看,是商务印书馆出版的《威克斐牧师传》。这又奇了。他家里有这本书。他哥哥说,《英语模范读本》四本念完,就可以念《天方夜谭》或则这本书。在凤阳五中时也去听过一堂英文课,正是选读这本书。那是初中三年级。现在大学里还是教这本书。为什么中学、大学里学英文都要和这位牧师打交道呢?

上课了。老师准时而到,是戴眼镜穿长袍的,四十岁左右。上讲台一坐,打开手里的书,说明翻到第多少页,立刻宣读一段。他读英文的腔调不知怎么使青年 A 想起读古文。他一字一字连着不断,抑扬顿挫,句尾还拉着长腔,有板有眼,真像吟诵韩愈的《原道》,又像唱贾谊的《过秦论》或是司马迁的《报任少卿书》。他想英文不是排句呀,怎么有这么大的气势?他手里没有书,一走神,老师读完便讲,已经讲过两句,三行过去了。赶快细听,只听讲台上大声宣布:第几行,在 that 下画一道线;第几行,在 which 下画两道线。开讲,把这句英文用中国话说了一遍。接着又吟唱一句,又是"画一道线""画两道线",又是翻译。讲得真快,转眼一段讲完了。不歇气,接读下一段。"中气"真足,又是一口气到底,仿佛以什么什么"乎哉"结束。从头又念一句,再画线,再翻译。到了一句对白时,他忽然破例评论了几句,好比《圣叹外书》评点《水浒》《西厢》。不是论文,却是论人,对这位牧师和他的女儿颇有不敬之词。这样,大家稍歇一口气。

下课了。有一句还没有来得及画线，也不讲了。老师没带皮包，拿书起身就走，比学生走得还快，冲出门去，转眼不见。

学生中有人议论："真不容易。真够他忙的。又不知赶到哪个学校去了。他教了多少年英文，因为没留过学，只能教中学，到大学只能当讲师，又拿不到教授兼课的两块钱一个钟点，只能多兼课了。"

这是公共英文课，英文系的课应当不是这样。青年A这样一想，又去听英文系的一年级英语。

课堂很小，大约是王府里的仆役住的房子。里面坐着不到十个学生。这课也是发铅印单篇讲义的。他没有讲义，借旁边学生的一看，题目是《哈姆莱特》，不是戏剧，是《莎氏乐府本事》，同《威克斐牧师传》一样，是商务印书馆选印给人学英文的流行本子。他小时候看过林琴南（纾）的译本，叫《吟边燕语》。

老师进来了，是个女的，不过二十几岁吧？头发是烫过的，无边眼镜，雪青色短袖旗袍，长筒丝袜，高跟鞋，很时髦，很漂亮，有点洋气，也许是教会大学毕业的。

她教得很仔细。自己先用英文讲几句大意，又用中文作说明，然后朗诵一段，逐句讲解，作为示范。她不像念古文，也不教画线，很自然，像谈话。示范以后，她走了过来。小教室没有讲台，跨前一步，就叫最前面一个学生念下一段，还要讲解，当然是用中文，看来学生还不会用英文讲。发音或讲解不对，她纠正，有的地方还提请全班注意。有时也提出问题问学生，英文、中文都用。她也不回去写黑板，就这样一个一个叫起来读讲。她年纪同学生差不多，但是学生还很尊重她，一到面前就站起来。她很认真，一字不肯放过。不过有人读得多，有人读得少。

这倒同教中学差不多，可是对青年A却大大不利，他逃不脱当"南郭先生"的命运了。起先他以为这也是示范，不料一步一步紧逼过来。这怎么办？又不能临阵脱逃，跑出教室；又没有讲义；也不好声明是来旁听的，旁听也得念呀。直盼下课铃响，偏偏不响。学生太少，他虽坐在最后面，也很快就会轮到他。真是掉进陷坑了。

老师已经到他身边，一阵香风扑人，原来老师的脸上搽了脂粉，所以远望那么好看。不过他这时已经顾不得想这些，只好站起来。他还没有来得及表示歉意，老师见他没有讲义，把自己手中的讲义交给他念。他也不好意思声明自己不是学生了。

幸而这一段还不长，本来他可以念得好的，却既无准备，又临时心慌，还有那阵香气捣乱。课桌之间空行太窄，老师和他几乎脸对脸。这种特殊环境使他念得疙里疙瘩，总算念了下来，也讲了出来，只禁不住心跳。老师纠正了两个读错的重音和一个使用不当的译词，还对他笑了笑，用英文轻轻说了句"很好"，转身走开，讲义也不要了。她刚到黑板前转过身来，下课铃响了。早响几分钟多好。是不是老师先算准了？她手腕上戴着一块小小的金表。为什么老师还对他表示满意呢？他心里着急，也没有细听别人怎么念的，不见得他能超过别人。有可能是老师看出他不是本系本班学生，竟肯来上她的课而且勉强能及格，所以对他微笑以示鼓励吧？照说他应当下次再来，可是他没有这胆量了。不是怕英文，倒有点怕这位老师。这是他生平第一次离开一个"摩登"打扮的青年女子这样近。那张讲义他带回去，一直觉得好像总喷出老师的那股香气。这明明是错觉。

不知为什么，课不去上了，老师的相貌和名字却记了下来。到五十年以后，八十年代初了，报上有一条小消息，说是一位姓郑的老教师在台湾病故，晚景凄凉。新闻中用的是"她"字，说明这是个女教师。A顿时想起，那位教过他一堂英文的、站在身边的女老师正是这个名字，年纪也相仿，不禁发生一阵说不出的怅惘。在这个老年学生心中,她还是个装束入时的女郎和认真教课的老师;但她绝不会留下一丝一毫这个学生的印象。

既然听了英文系一年级的课,一不做,二不休,再到二年级去试试。总不会又是年轻女教师了吧?

他找到一门"英国戏剧"课的教室,向刚来到的学生打听教的是什么。那学生递过手里的一本小册子,是个中国翻印的戏本。一看作者是王尔德,再看书名,心想:这不是洪深改编过的《少奶奶的扇子》吗?还书时问一句:"教得怎么样?"回答是:"老油子了,还能怎么样?"本想听一听的,转身逃走了,上课铃还没响,也没问老师是男是女。

他胆子壮起来,一看课程表,二年级有"英国文学史",教师是系主任。他想:"系主任想必认识学生,不知会不会赶我走?反正最多是被赶出来,白听课总不会有罪。你若教得不好,请我听,我还不来呢。倒要见识见识系主任什么样。"于是进了那个小教室,学生也不过十人左右。

系主任当然是一位有相当名气的教授,年纪不小了,一进门就使他大吃一惊。怎么是这样装束?红顶瓜皮帽,八团马褂,缎子长袍上隐现花朵,仿佛是呢子裤腿,脚上一双擦得刷亮的黑皮鞋。

他想,这不是辜鸿铭吧?

系主任也不像是认识本系学生的样子,没有叫过一个学生的名字,根本没有正眼看坐在最后面的这个新来学生,闯入者。

恰巧他正讲《莎氏乐府本事》的作者。那是姐弟二人吧?是散文家。老师用英文讲了几句。他听出是这个题目,以为自己还有点知识,听出了人名和书名,后面应当也能听懂几句吧?不料几句开场白以后,改用中文讲了。中文里又夹着英文,中英合璧。这倒不难懂了。也许是老师考虑到学生程度,所以这样讲。学生很少记笔记。

有人带本书,翻开来偶然用铅笔写上什么。有人什么也不带,只是望着先生。所以闯入者并不突出。

教授忽然用英文讲出一句"烤猪"。这是兰姆的一篇散文题目,他知道。接下去却是一句中文:"好!真好!"教授说着,把两手抱拳一拱,仿佛英国那位作家的灵魂来到了他身边。又是一句:"真好!"仍然拱着手,向前一步走,眼睛一闭,又是一句:"好!"好在哪里呢?没说。只能意会,不可言传了。

忽然话题不知转到什么上头去了,中英夹杂,听得人摸不着头脑。又一句听明白了,原来是讲法文在英国文学中的影响,要学生好好学法文。他讲了一句法文问话,然后说,你还得至少会答复一个字:"咦!"这个法国字照说应当是"唯"(是),以后他才学会。那时只听出这一声音,不知是否听错了。教授忽然又说到德文,大概是说学英国文学必须会德文。他又大声讲出一句德文:"德塔格!"接着说,"这是说'这一天'。'这一天'就是这个重大的日子。德国兵打进一个城就会一同喊出这个字。"(这使青年 A 想起了八国联军。)总之是,学英文必须会法文兼德文。这就是教授对英国文学史中兰姆的散文的重要发挥,不知是怎么联上去的。教授又用英文讲了几句什么,可惜他没听明白,大概又转移到别的什么重要问题上去。没等教授再用中文作说明,下课铃响了。只听见教授嘴里刚冒出来"这个"两字,就抱起皮包走了。

青年 A 进了几次大学或则王府的大门,听了这几次大学的课,真有点"莫测高深"。想,还不如去图书馆和找"家庭大学"的老师好。小学生听大学的课,不是自己先会古文和外国文,简直无法核对教授们讲的老根在哪里,不知究竟是不是那样,只能"盲听"。可是当邻居问他还听不听时,他用坚决的口气回答:"听!"不过他想歇几天再去,这时确有点头昏脑涨,也有点明白这位邻居不去上课的道理。只怕方和戴不上课也是出于同一原因。但是他们的大学不同，总不会所有的大学都一样吧？他有个刨根问底的脾气，不论什么都想——亲自考察。这时他不知不觉从"马路巡阅使"要兼任"大学巡阅使"了。

他想"巡阅"大学，还有个不大自觉的原因，是有的大学生引起了他的好奇心。

他几次经过那个大学的所谓操场，从不见有人在场上运动。有一次他走过秋千架下忽然听到空中一声大喝：

"别动！"

他停步抬头一望，有个女生打秋千荡过来，正好离他头顶不远。黑短裙被风掀起，露出一双黝黑的"飞毛腿"。他呆站在那里，还没来得及想什么，女的已经跳下来，站在他面前，比他还矮一点。

"你不睁眼走路！我不叫你，你的头要开花了。"女的说气话，却带着笑。听口音是南方人。

"我没想到有人打秋千。"

"废话！有秋千就会有人打。你是想不到有女的打吧？秋千就是给女人打的。"

他起步想走。女的正挡在他面前。他怕女的再问话，偏巧就问出来了：

"你是哪一系的？"

"我是来找人的。"

"我看见你听过课，还不止一次。我就坐在你旁边。你怎么不说实话？"女的表现出了怀疑的眼光，又上下打量他。他猛然感觉到遇见"黑旋风"了，不知怎么办才好；想拔脚逃走，好像犯了法的。

"别怕，我不会吃掉你。我看得出你是什么人，不说也罢。"女的放低声音，和颜悦色地，好像对小弟弟说话。又问，"你低头走路想什么心思？"

他不知道怎么答复，像受审讯。

"我看出你是来考大学的。这里没有什么课可听，莫浪费时间了。求学要靠自己。我是教育系的，快毕业了，什么也没学到。"女的同他一起走着说。"你把实话告诉我。我没见你在这里有什么熟人。恐怕我是你在这里认识的第一个人，对不对？"

男的只好招认。

"好，现在不谈了。你有事可以找我谈，也许我能帮助你。我不大上课，但常在校园里。你很容易找到我。你不会忘记我这怪样子吧？"女的哈哈笑着走了。她留短发，穿白上衣，黑短裙，球鞋；大学快毕业了，还是中学生打扮。

男的无心，女的却是有意认识他的，但并不是为自己。她是结了婚的，夫妇都在干革命。可是几个月后女的就不得不离开北平南下了。两人虽又见过面，和真同学一样，但始终未得深谈。

他却一直记得女的那矮矮的身材，黑黑的皮肤，大而亮的眼睛，毫无拘束的爽快口气和一个古怪的姓名。

九　苦闷的象征

鲁迅译的日本厨川白村的《苦闷的象征》曾经在一些青年中流行过。读的人未必真都懂得，可是这个书名却在有一段时期内成了一部分青年的口头用语。常有人讲：

"看他那副尊容，真是'苦闷的象征'。"

有的新诗和散文和小说里也出现"苦闷啊！"之类词句。不过所谓"苦闷"是各有不同的。最大的当然是政治的苦闷。其次有各种各样的苦闷，都有"象征"表现出来，却并不都成为文学或艺术。

青年A这时在北平西城西单以西"巡阅"一个多月，也有了一种不知怎么办的苦闷。他的邻居同样开始有了另一种不知名的苦闷。两人表现出来的"象征"不同。一个是逛马路，一个是拉胡琴。

周游马路的转来转去总是进入头发胡同。

这样过了些天，测量马路的方向又指向太平湖。这位青年下决心再参观一次上课。目标有三个：一个是专门课程，另两个是德文和法文。这以后他打算再转移目标，向方和戴的大学进军。他并不是要进行比较研究，只是想满足好奇心。

他在课程表前面站下，想不定去听什么课。法科的他不打算去，因为他把邻居床下堆的未经整理的讲义整理了一遍，发现那些各门理论一望而知是从欧美或则日本贩运进口的。有的还有条理，加点中国佐料，有的连包装都不改，词句都不像中国话。他想找点科学的课听听。正在寻思和查找，忽听见旁边有人说："到底请到了教员，真不容易。"转脸一看，那边布告栏前有几个学生站着议论。过去一看，布告栏中除教师请假之类以外，有一张新贴上去的："生理心理学本周开始上课。"

他知道有生理学，有心理学，却不知道有生理心理学。一查课程表，时间刚好，立刻前往课室。

这是小教室，里面已有约莫十个学生。进去坐下，看看大家都没有书或讲义。课是新开的。

教师进来，西装革履，年纪不大，相貌英俊，将新皮包放下，开讲："我从今天起担任生理心理学这门课程。这是专题新课。请各位仔细听讲。"他显然是"初出茅庐"。

这位教授讲了一句开场白后，转身写黑板：

"生理心理学。"这是总题，是竖写的。

"感觉。"又占一行。这是章名吧？

"视觉。"又是一行。一行比一行低一格。

"视觉的器官。"另一行。字写得很工整。

"眼球的构造。"新起一行。这大概是今天要讲的题目了。是不是讲义都要写在黑板上呢？幸而黑板很长，五行字不过占五分之一。

老师转过身去，侧面对学生，一手指黑板，把一行行题目又说了一遍。然后说："请先看图。"

图在何处？

在教师的粉笔下，黑板上，陆续出现。这位新教员也真了得，什么也不看，面对黑板，画出眼球构造图。先是轮廓，相当圆。然后是瞳孔、网膜、黄斑、盲点、视神经等部位,一一画出,并一一在眼球外加上说明,拉上线指示。他画得很精细、准确,没有错误,不曾画过又擦去任何一根线条或一个点子。虽然慢,却熟练。大约有二十只眼睛在他后面对着黑板上的眼睛看。

终于画完了,大家松了口气。

教师转身对学生,庄严而又略含笑意,开口说:"从这图上可以看出眼球的构造。"

当啷啷!下课铃响了。

教师笑了笑,拿起皮包,微微点头,走了。

学生们站起来,还没来得及发言,门外等候下一课用这教室的几个学生冲进来了。其中一个到黑板前拿起板擦一挥手,瞳孔不见了;再一挥,网膜也没有了。不消几下,一小时的辛勤化为乌有。

是不是下一堂又要重新画起来,再表演一次?还是发讲义?青年A怀着好奇心,过一星期到同一时间又去,只见布告栏中有新通知:"生理心理学教员请假。本周无课。"

有两三个大概是上一次听过课的学生在通知前面发出议论。

"教员不来了。这课也算开成了,也开完了。"

"他是新回国不久的眼科大夫,又在医院看病,又私人开业,门诊病人多得很。来一次已经是莫大的面子了。他才不稀罕这两块钱的钟点费呢。跑一趟,耽误多少病人看病,单是挂号费也赔掉不少,太不划算,难怪人家不来。"

"学校有了他这一次上课,课程算是开出来了,对学生收费也交代得过去了。系主任请到这样一位大医师,专家,博士,教授,教这新名堂的课,又可以吹嘘一番了。"

"他是眼科大夫?教心理学只讲视觉?往下怎么讲?这课他未必教得下去,所以挂免战牌了。"

"怎么教不下去？视觉讲一学期也讲不完。若把眼科学全搬上堂，一学年也讲不完。每堂课连画图时间都不够。"

"这样也好。不用上课了。去公园还是看电影？"

显而易见，这些是高年级学生，互相熟识。

青年 A 去听德文课。他先到旧书摊上去找到一本破旧的德文课本翻看了头几课；又去一次找到一本更破旧的法文课本照样翻看了一下。都不知是什么学校什么年代印的教本。虽然便宜，他也不买。书太破旧了；他也不一定学下去。好在字母都是拉丁文的，同英文的一样，一看就认识。德文有张花体字表，他也大半认识。那是在家时看见哥哥练习写英文花体字时私自学的。有了这点底子，他大胆去试探听课。

出乎意外，德文教室不小。这也许是有不止一系规定必修德文的缘故。这也是头堂课，教员是新来的。

德文教员当然穿西服，身材笔挺，意态轩昂。上堂开讲，首先表示很高兴，有这么多人愿意学德文。接下去免不了吹捧德国，从理工医农到文史哲法，无一不是德国第一。然后重点突出，点题，学德文大有出路，职业不成问题，各方面都迫切需要德文人才。他讲不了几句就讲出"兄弟在德国""兄弟在南京、上海"如何如何。讲了半天，德文字母还不见。最后说到字母时，说都是拉丁字母，同英文一样；想必大家都认识。德国科学书已都不用花体字，文科书也只有古典书和美术性质的书用旧体字母，所以不必先学。现在要先学冠词。他在黑板上横竖各四行，打下格子，写出冠词；标明阴、阳、中、复和第一、二、三、四格。填好了字，对学生说："学德文首先要背熟这张表。"自己横竖各念一遍；要求大家照念，照背。话未落音，铃响了，也就免去带读了。他说了一句德文的"再见"，可并没教过。青年 A 先看过旧课本，猜出了发音，所以知道。这还因为它和世界语的"再见"结构一样，容易记。关于用什么课本，是否发讲义，如何教学等一概未讲。

德文课有了经验，估计法文课也不过如此。可是青年Ａ有个脾气，不实地考察，单凭推测，总不放心。

他没想到上法文课遇见的情况和德文课大不相同。

法文课是在一个小教室里，桌椅排法是两边两单行，中间两桌并排一行。座位多了些，学生并不多，十几个人。进门一看，两旁坐得多，中间几个都在后面散坐着，前面第二排只坐着一个女孩子。一见他进来，女学生微笑点头，仿佛认识他，用眼色指示他到自己身边并排坐。他不想坐在第一排，两旁都已有人，向后面走必须经过女的旁边，觉得不便辜负人家好意，便老实坐下了。女学生见他听从，带点笑意，轻声说：

"你还没买到书？拿我这本合用吧。你没看见布告？到东城中法大学门口传达室里去买。那里有法文书。还有'南堂'，就是宣武门里那个天主教堂，门口有法文注解的小字典卖，一块钱一本。你坐过来些。"她推过课本到中间，笑了笑，因为青年Ａ坐半边椅子，尽力靠外边。

这女孩子大约有十八岁吧？不施脂粉，鼻子旁边有几颗雀斑。穿一身绿色的西式上衣，下面是花短裙和长袜，胶底球鞋，完全是学生打扮。推过书来时，有意无意把已经翻开的书合上一下，封面上有三个字，当然是她的名字。她姓萧。青年Ａ想起课程表上教员的名字，好像也姓萧。

课室里的人并没有注意他们，尽管只有这一个女生。她的态度非常大方，使男生不觉拘束，也不感好奇。她也许还是个中学生，刚毕业？

教员来了，是个女的，三十多岁吧？穿一身西装，长达膝下，长袖，不知是什么式样。烫发，面容和态度都像是外国人。她在讲台上桌后椅子上一坐，放下手提包，用法文说了句"日安！"

那女生和几个男生回答一句"日安"。有几个男生和这最后进来的没有作声。他在旧课本上看见过这两个字，但不知读法。

教员又说了几个音，是问你好，你们好。学生也七零八落地应声，作模仿练习。新来者仍旧没有开口。

教员翻开课本，一句一句念了一遍第一课的第一段，译成中文，随即带着学生读。接下去是第二段。进行很快。这书是一本会话，开头是"桌上有一本书"之类，下一段是衣裳，下一段是颜色。有许多问答句，没有语法，没有中国字。

法文的音有点奇怪，一上来不容易模仿。因为女生用手指指着教他念，这男生也只好低声跟着学。他的声音只有女生听得见。女的念的声音大，嘴角不时露出笑容，不知是笑他不会念，还是赞许他居然念得出来。

上半小时这样混过去了。下半小时更加紧张。教员对学生发问，作问答练习了。起先是照书上的会话，先生问，学生答，这还不难。一一轮流，新来者碰上一句简单的，蒙混了过去。不料教员灵活运用，照书上格式改变问句，点着人问。幸而她的排列是先问靠窗一行，由近而远；再问靠墙一行，由远而近，绕个圈子。都不叫名字，只用眼光示意。她不知道学生名字，连究竟是几个学生选了这门课，她也从未留意。

两边问完了，该问中间一排了。

"你的长裤是什么颜色的？"教员用法文问。这是书上有的。

新来的男生紧张得不知她问的是谁，以为那个女生会回答，便没有开口。

女生用肘弯碰了他一下。

教员重复一遍问题。

他慌里慌张照书本答了一句："我的长裤是灰色的。"

女生扑哧一声笑了，低下头俯在桌上。教员也咧开了嘴，但没有笑出声。男生没有笑的。

混进来的学生青年 A 不知笑的是什么，也低下了头。这时才看出自己穿的是咔叽裤，黄色的裤腿露在长袍外面。又看出女的穿的是裙子，不是长裤，当然问题是对着他来的，与女的无干。

教员大概看出他二人紧张，便用法文说了句："很好。"

两人都听懂了，抬起了头。新来的懂得；因为教员问别人时，凡不需要纠正的都得到这句评语。女生曾低声告诉他这句的意思。

问女生的上衣颜色，她很流利地回答。

下课了。教员说了法文的"再见"。这也是青年 A 在旧课本中学了的，又是和世界语的"再见"结构一样，只不知发音。

这个女孩子还不肯放过他。偏要同他一起走，而且说："你前两堂没来，也能念出来。你学过法文吧？"

"一个字也没学过，连发音都不会。"他敷衍一句回答，心想，没听到头堂课颂扬法国和法文，很幸运，也许是不幸。他不知道头堂课只教字母发音，并没有序言。教员认为法国文明天下共知，不需要讲。

"她是我姐姐。"女生说，又补充一句，"堂姐。"

青年 A 想，原来她是替姐姐拉学生听课，并不是因为自己有什么值得注意之处。不过这也不见得，女的还要讲下去，一边走出课室，一边讲：

"这是一本会话书。到法国去补习法文都是先念这两本书。这是第一册，还有第二册。念完了，就可以会话了，可以上法国学校。先学了，免得到法国再学。我明年到法国去。姐姐新从法国回来，说是先跟她学了再去,何必到那里再学这个?你也打算去法国吗?这里学校有什么可念的?浪费青春。"最后一句是她着重说出的。

她这同伴无话回答,只想着,大概这也是个混进来听课的,同自己一样,所以要拉个"陪绑"的。

女伴见他一声不响,有点不高兴;想问他的姓名,又不好意思;还有重要的话要暗示他,对他说,想只好留到再上几次课以后,别太露形迹,引起人家猜疑。想着心思,停一停,又讲下去:

"巴黎好玩,只是贵些。比利时便宜。瑞士风景好,最贵。我想先去法国,以后去德国,再学德文。现在德文时兴起来了。我不想学。和英文一总留以后学。你怎么不说话?"下句是"你看不起我",可没说出口,只现出嗔怪的表情。

同伴觉得自己太对不住这位女同学了,不假思索说出一句:"我没钱。"出口就后悔,这像是气话,太无礼了。收不回来,不说第二句了。

"你以为我有钱哪!"女的更嗔怪他了。"我一个钱也没有。"她心里话是:"跟你一样穷。你这件旧大褂,那双破布鞋,还以为我看不出来哪?谁当你是阔少爷?"但嘴里说出的却是:"要找门路啊。到外国留学的不都是阔人。"她心里想着:"教法文的这位就不是阔小姐,可她有办法。"嘴里说:"我是心里想这样,谁知道明年去得成去不成?说是'有志者事竟成',可是……"她说不下去了。她想的门路是不便轻易说的。事实上,她想留在以后吐露的暗示已经提前出来了,只等对方追问。

青年 A 见她脸色有些阴沉,惭愧自己不会说话,想安慰两句,又不知怎么说。两人沉默着走了几步。他想明白告诉她,自己不是学生,又不好意思说。终于说了笨话:

"我是没希望上学的。到外国去,连想也没想过。希望你成功。"

自觉话说得不得体，补上一句，"谢谢你今天让我看你的书。"出口后觉得更不得体了。再说下去恐怕不知会说出什么来，连忙打住。心想，同女的说话怎么这么难？

女的一听，反而乐了。她觉得这个男孩子看样子聪明，说起话来呆头呆脑的，还不如他学讲法文像回事；觉得自己对他的注意和猜测也对也不对。

不知不觉已到校门口。

"下堂课再见。"女的走过去雇人力车。男的走自己的路，只回答一声"再见"。

女的车过他身旁时，车上人还笑着对他招了招手，还喊出法文的"再见"。

他木然没有响应。

他不再去上法文课，当然也没有再见到这位临时的女同学，始终不知道她为什么会这样对自己见面熟。想起她来总有点歉意。

女的一方不用说是怪自己认错了人，没想到这人这么笨。她招呼他当然是自有原因的，不过男的对此无从查考，也就不必说了。

还有日文课，不听了。

青年Ａ回公寓又听到邻居的胡琴声。

"又听了什么课？怎么样？"邻人问。这是晚饭以后，在院中。

"不怎么样。以后不听了。"没告诉他有意外遭遇。

"我早就说过，你听不下去的。上大学就是这么回事。四年的光阴为一张文凭赔进去了，还不如干脆买卖文凭。"

不过这只是胡琴声中隐含着的一部分愤慨，另一部分是苦闷。没过几天青年Ａ便明白了。

邻人过来给他看一封信的末尾几句：

"心园友！我劝你振作一些，不要那么颓唐。奋斗吧！奋斗吧！

奋斗就是生活。你的朋友之。"

这个"之"发出劝告了。

"你觉得怎么样？"邻人问。

"这最后两句话是克鲁泡特金说的。"几年前少年 A 每晚和一位比他大得多的青年亲戚兼邻人下围棋。那棋友收到在巴黎的表兄吴寄给他一些刊物，其中有他和芾甘译的《克鲁泡特金自传》的几章和别的无政府主义者宣传他们的社会主义的作品，所以他知道这句话的来源。

"什么？这话是抄来的？什么金是谁？"

略谈几句，邻人又回屋拉他的胡琴。青年 A 想，这里面有了文章了，有点怅然。

他不学拉胡琴，仍想观察大学上课，便去久安公寓找方。

方和戴都在屋里。方这几天钱花光了，下月的钱还未寄来。他裹件袍子在藤椅上靠着看报纸。戴在桌前坐着，一见来了这位不速之客，便起身整一整身上的夹袍，拿过呢礼帽戴上，出门去了。

方和来客还没谈几句话，戴又进来了。他脱去袍子，打上领带，拿过架上挂的西服上衣穿上，对桌上的镜子照照。下身本是西装裤和皮鞋，夹袍里面本是西式衬衫和新的西式毛衣，所以只换上衣就行。换完了，又出门去了。

方懒得陪人去大学上课，只叫客人自己去，说这几所大学都是一样的，只管去听课，没人问。这不比国立大学或则教会大学。

青年 A 走进了中国大学。这也是一座王府。地面个比民国大学更大，房子好像多些；像是修补过，但也没有新盖房。两处王府的规模和气派都是一样的。园亭楼阁也差不多一样。学生来往却似乎多些。

他有了经验，去查贴在布告栏里的课程表。看看英文课的时间不对。这时有俄文课,他便去找教室。因为他没有在旧书店里翻看过俄文课本,不敢去上,便趁时间未到,先进屋,借早来预习的学生的一本课本看。薄薄的一本书,封面上写着著者是张西曼。那学生告诉他,教课的就是这位张先生。他想这准是一位大教授,忙退出教室到院内徘徊。

上课时他又来到窗前张望,只见一位中年教师,头顶有点秃,个子不高,精神抖擞,一面讲,一面在黑板上写,又指导学生读。他讲课也是中俄合璧。读课文时声音洪亮。写的黑板字不是拉丁字母,一个字也认不得。教室内学生只有几个,教师却像是对几十人演讲。

青年 A 对这位教授很佩服,但他不想学俄文。

他决定听一次英国文学史课,那是二年级的,是下午第一堂。

学生不多,也只十来个。教室不算小,也许是选的人多,上课的少。

教师一进门使他大为吃惊,同他听过的另一位教授一模一样。也是红顶瓜皮帽,八团马褂,缎袍,呢裤,皮鞋,只有面孔不同,名字不同。都是辜鸿铭式遗老装扮。

老教授在讲台上一坐,略停一下,便用英文开讲。他不讲中文,讲得很自然流利,但听不出讲的是什么题目。他面前只有一个没打开的旧皮包。学生有人有本洋装书也不打开,只听他讲。

他讲了几句以后,忽然舌头不灵了。不知是忘了还是别的什么缘故,停了好半晌,才又继续,讲出一个英国文学家的名字。这回听出来了,是斯蒂文森。他讲了这个姓还嫌不够,要讲全名,不料不知怎么第一个音,罗伯特的"罗",挡住了他的舌头,"罗"了半天也转不过弯来。又停了一会儿,他才一口气说出了罗伯特·路易·斯蒂文森。接着说生卒年月、著作等,又像是英国人讲话了。因为青年 A 在家里见过这位作家的那本《金银岛》(宝岛),商务印书馆印的英文本,所以还有点印象,听得出几句。却不明白为什么这位老教授一会儿清醒,一会儿糊涂;一会儿非常流利响亮,一会儿结结巴巴。因为他坐在后面,所以不明真相。过了好半天,忽然风送来一阵酒气,他才恍然大悟。

斯蒂文森的生平著作还没讲多少,老教授不讲了。呆坐了一会儿,说了句英文,又快,又不清楚,站起身,拿起皮包走了。他年纪并不很大,但走出门时却有点跌跌撞撞。

"又喝醉了。"有个学生说。

"他的夫人禁止他喝酒,他便把课排在中午,上午最后,下午最先,于是只能在外面吃午饭,借此大喝其酒。上午一堂,急于饮酒,早退;下午一堂,喝醉了,还是早退。不知到哪个俱乐部去休息,酒醒了才回家。"

"这位牛津大学博士有学问,不好好教书。听他的课真没劲。"

"学问不成问题。要不然,康有为能看中他?你不知道这位罗教授是康南海的女婿吗?"

青年A记得康有为有个女儿名康同璧,不知这教授娶的是不是她。梁启超的《饮冰室诗话》里记她随父到印度的诗有两句是:"若论女士西游者,侬是支那第一人。"她当然不把华侨中的女性算上,那不配称为"女士"。

康有为的女婿当然要遗老打扮。在几处大学里教课的这两位教授是好友;一样装束,不过脑后都没有辫子。他们一心保全传统文化,却不一定要保全专制国体。文化好像是在帽子和袍子上,而不在辫子上。

听了牛津博士的英文以后,青年A决心再去听一堂英文。这回的教师姓"唐赵",当然是个女的。

教师进课室,是个三十几岁的女的,个子不矮,身穿西服女衣,丝袜、皮鞋,不像搽了脂粉,不像白人,却又自然有些洋气,态度悠闲,称得上风度翩翩。

老师开口便讲英文。声音清脆好听，又字字嘹亮，加上自问自答，时常面带微笑，举止大方。听的人像被迷住了，一声不响。她既没有书，也不向学生提问，也不写黑板，更不走下讲台。她有时坐下，有时站起，偶然走来走去，也不离黑板前面，讲话中有时停顿一下。学生也没有发问的。她又继续往下讲。这堂英文是会话课，是练习听力，所以学生只需要用耳朵。这当然对夹杂在学生中的青年Ａ有利。只可恨他的词汇不够，句型也不熟练，成语记得太少，看着读这一番话或许能大致了解；但全靠听，一句一句连着来，没有回旋余地，不能回头再去琢磨，不能译成中文再理解，那就难了。刚明白一句，又漏了下一句。一个字不认识，还没想出是什么字母拼成的形象，一句早讲完了。说不上挂一漏万，却总是断断续续。开头简直抓不住要点。因为开讲说话题时，他在观察教师的体形和神态，欣赏她的音调，没有注意讲的内容，所以全不知道要讲什么。后来再追赶已来不及。好容易听出了几个字，又懂了几句简单的话，教师的自问自答又帮了忙，他利用停顿时机贯串起来联想，注意了几个听懂的专名，才明白过来，原来她是在讲英国的人情风俗。随后她又说了一个小故事，还加上点评注。发现了话题，就容易懂了。能连贯，也能预测下句。好比幼时念《孟子》，知道了"章旨"，便能弄清"节旨"。随后就能一句一句由自己去连贯起来，进入教师的思想线路，和她一同前进。慢慢对她的声音也熟悉了，也不去研究她这个人了，竟越听越明白得多。后来教师讲了句带幽默的话，自己露出笑容；他也能报以会心的微笑。教师居然对他望了一眼，却使他惶恐得慌了神，漏下一句没听清。赶忙定住心再听，才又接上。渐渐听出了味道，可惜摇铃下课了。不知这一课怎么过得这样快。

在离开教室时，他听见有的学生议论，说这位唐赵先生英文教得好，对学生也好，就是太严格。今天是练习听，下次就该练习说了。每回都是以听为主的课来的学生多，以说为主的课来的学生少。不是怕她当面斥责，只是怕她那微笑的面容和谅解的神态。她越是体谅学生，学生越觉得答不上来对不住她。

"她会不会说中国话？"

"哪里？一口流利的北京话。但在堂上不讲。她说学外国话最忌讳译成本国文才懂，必须直接用外文想，不能靠翻译。她最讨厌人家把她当外国人。其实也难怪别人，她的生活态度是外国式的，本来是半个外国人。"

"我想学读书，不想学会话。我又不到外国去，不同外国人打交道，学讲话有什么用？学了不用也会忘掉。不过还需要听得懂。"

"那最好听她的母亲的课，可惜她不在这里教，在师大讲一本小说。去听的人可多了。她是外国人，嫁给中国人姓赵的，所以姓赵白。这是她的女儿，姓赵；又嫁给姓唐的，所以姓唐赵。"

听话音，这两人中，一个是本班学生，一个不是。

青年 A 听到这里，讲话的已经走得远了，再听不清什么。他不便跟上去听人谈话，却暗想到师大去听听完全外国人的课。这位女教师还只是半个外国人血统。不知纯白人怎么讲话。这个会话课今天幸亏碰上了只听不讲的，下一堂不能来了。

他回到公寓门口就听见胡琴声。直到吃晚饭时才停。晚饭刚吃完，伙计还未取走碗筷，胡琴声又响起来了。

他无处去，琴声有点扰乱他。本来他是有专心看书听不见外来声音的本领，不知近来为什么失去了。买不起书，自己的几本英文书抵挡不住隔壁的胡琴。他把《阿狄生文报捃华》合上，索性到隔壁屋里去。

邻人对他非常欢迎。这是因为有了发泄苦闷的对象吧？所苦闷的说出来很简单，不过是家里和天津都没有信而已。

"总会来信的。"他心里想："我家里不给钱就要讨饭，你该不至于吧？天津不来信有什么要紧？"他不知那位心园着急的不是家信而是天津的那个"之"。

讲了半天，不得要领。他不明白为什么那个"之"能使这位大学生如此烦恼。心园难道是个维特吗？不明真相，回房睡觉。

他终于闯进了国立大学的大门，那是师范大学。

他听了一堂外国人赵白先生的课。学生用英文称老师为博克夫人，不知怎么拼的。教的是哈代的小说《嘉德桥市长》。他见到听课的拿着这本书，才明白书摊上摆那么多这本小说的翻印本的原因。那要一块钱一本，他买不起，旧书店里还未见到。

不但课堂上座无虚席，连门口都站满了。正好他可以挤在门口人群里听。老师是外国老太太，一点不错。从他身前走进门，手里拿着一本书，不是翻版书。

乍听声音和她女儿差不多，只是话更好懂些。这可能是她教得久了，又是讲书不是练习会话之故。

只听她开头就说明，"哈代的英文是纯粹的英文。"意思究竟是指什么，他不能确定。不想老师并无序言就讲书。这不是第一堂课。先生边念边讲。那么多人，当然师生都不会提问题。他没有书，那时这部小说又没有译本。他只在《小说月报》上看到过介绍哈代的文章，好像还是诗人，最著名的小说似乎不是这一本。不知道故事，只能干听，不过还是听出了是说一对夫妇在赶路时的情景和遭遇。

他听了一堂外国人教外国文，很满意，知道了外国人怎么讲话，书本话怎么变成口头话。

想听听名教授的课，却不敢进课堂。只在窗外望了望钱玄同教授。他是个身材不高的戴眼镜的胖子。桌上放着旧皮包，这使他想起《呐喊》序中说的"金心异"。想到这是促使鲁迅写作的人,肃然起敬。课是只听见他用洪亮的口音讲"汉朝有个刘向",并在黑板上写下这个名字。

他同样在窗外听了黎锦熙教授的课。个子稍高些,讲话很慢,讲"比较文法"。举的例是英文和中文的"下雨",还有北京话说"来了吗?",上海话说"阿曾来?",这些都随讲随在黑板上写出来。

杨树达教授的课没听上,好像他这时没有在师大上课,不知是否回南方了。

使他惊奇的是两位提倡国语的名人都说的不是纯正的北京话。一个有浙江口音,一个有湖南口音。

国立大学不是王府,门口也没有把守的人,但总有点森严,不像那两处"王府"大学那样破落。这两种大学都不如"家庭大学"亲切。

从大学的课程表中,他发现有不少人是两边兼课的。这两所私立大学的中文系主任听说都是章太炎的学生,还请了些名人兼课。他来北京不想读古书,读过五大卷合订本的《新青年》的影响还在,没有去听古典课,以为像京戏。据说法科各系也有名教授兼课,他也没去听,因为自觉和政治、经济、法律无缘。英文系和教育系的高年级有名教授教专门的课,他想到自己没有那么高深程度,也放弃了。还有几处私立大学,他不去观光了。别的国立大学不在话下,连大门也不敢参观。教会大学更不用说。他承认自己只能进"家庭大学"。

他又天天去头发胡同了。

十　双重人格

头发胡同图书馆里的常客渐渐互相认识了。不过还没有谈多少话，只是有时相逢微笑点点头。

有的人并不全在看书，还在写字，面前摆着一叠带格子的稿纸。有的人自己还带书来，多半是馆里缺少的英文书。

青年 A 有一次走出阅览室时，后面跟出来一个人。他姓朱，湖北人，北平大学法学院的学生，先已在图书馆认识。

"我有件事想和你谈谈。我的宿舍里人多，不方便。你住在哪里？是公寓吧？能不能到你那里去谈？"

"是什么事？"

"是我译的一部稿子的事。是一本小说，想请你看看。"

居然有人向他请教翻译，而且是真正的大学生，很出乎意外，不知有什么奥妙。他便告诉了地址。望了望那瘦小的身材和忧郁的面容，他不好不答应。

朱来了，带来一叠稿子和一本英文书。

"不是要你校改，只需要看看中文。我译了以后自己没有把握。这只能算是练习。这本小说不知你看过没有。我看了很受感动，想到不少事情，便从头到尾译了出来，并不是为了发表。还有这题目，我想改一下。改译成《双重人格》，你看好不好？"

"你怎么想起找到我呢？我的英文不行呀。"

"那你就不必问了。我看到你看的书很多，看英文的"家庭大学丛书"也不查字典，所以想到找你。"

"不是还有个姓刘的吗？他也看英文书，好像还一面看一面翻译；常常自己带来书又去借书。面前又是一堆书，又是一沓稿纸。你找他看过没有？你不是也和他认识，谈过话吗？"

朱笑了笑，过一会儿才回答：

"你的观察很仔细。没见你什么时候注意别人，好像进屋只见到书不见到有人的样子。事实却是你什么都注意到了。可见我找你是找对了。至于那位刘，我和他比和你熟。他到图书馆和你不完全一样，你难道没注意？他不会看我的稿子，我也不想给他看。你说，你肯看吗？只要看一遍译文，看看通不通，像不像，不要你校原文。原本书拿来只是供你翻阅参考。你大概看过这篇小说吧？不长。不费你多少事。"

《双重人格》的原名是两个人名，译出来很长，所以改了。这是英国斯蒂文森的名著，写一个医生化作一个坏人，兼有善恶两重人格。虽是幻想故事，却有很深寓意。青年A想起听康南海的女婿那堂课时，正是讲斯蒂文森，似乎提到这部小说的题目。同时又想起一件事，便问：

"我看报纸广告上有部电影叫《化学博士》，是不是这部小说改编的？"

"你记得不错。我还去看过那部电影。"

"不知有没有人翻译过？"

"不知道。我不打算发表。如果你看后觉得可以，也许我去找人问问。现在出书得有人介绍。我们法学院的先生们对于小说不感兴趣。你先看看再说吧。不着急。有空翻翻就行。拜托了。"

小说不长，当天晚上他就看完了。译文不怎么样。稍对一下原文，觉得单说文章就差得远了。斯蒂文森是个文体家，文章有风味，不是仅仅靠情节。这一点记得那位罗教授说过。那几句用英文讲的话他倒是听明白了。那不是醉话。朱并不要求他校；他却用朱的译文作参考，第二天又把原文粗粗浏览了一遍。译文有不少地方他觉得还有问题。但是若没有译文，单看原文，他看不到这样快，有些句子还未必看得懂。可见朱的英文程度比他好。到底是国立大学快毕业的学生。

邻人停下胡琴来到他房里。

"怎么你今天一天没出门？在屋里干什么？"

"有人让我看这个。"

"这是什么？一篇小说吧？"

"是那个电影《化学博士》的底本。"

"我没看那电影，听看过的人讲了故事情节，荒唐得很。居然还有人翻译。你还有耐心给他看。你还用英文对着看。你英文大有进步了。我学的英文都还给老师了。现在快毕业了，用不着了，再学也来不及了。"

青年Ａ看他对此毫无兴趣，便问他感兴趣的事：

"天津有信来了吧？"

不料顿时出现一副惨淡的面容，摇摇头。这神态和胡琴声一样是"苦闷的象征"。

过了半晌，他才说：

"人家是国立大学的高材生啊！我算什么？年纪又大了，又不成气候。我连去几封信，表明我一定听她的话，努力奋斗，改变颓唐习气。我还把你说的那个什么金的名字也提了提。我的记性真坏，亏得你写给我看，我才抄上去，现在又忘了。这个俄国虚无党人连名字都起得这么长。怪不得他们革命不成功。"

又过一会儿，才接着说：

"我尽力写得诚恳，几乎是声泪俱下了，不知怎么还不行。到末了，我实在忍不住了，真受不了，我向她明白提出了。"

"提出了什么？"青年Ａ有点茫然。

"提出了什么？你想能提出什么？当然还不是那么直截了当，不过也够明白了。其实何必我再说？从以前的信里她早就会看出来了。她若一点意思也没有，那又何必同我通信，一星期一封？我着急的是因为她上次信中透露出，她想寒假温习功课，多看看书。这就是说，寒假里她不想来看我了。天津有多远？两个多钟头火车的路，一天能来回。为了看看我，就不说是进一步吧，连一天的时间都不肯花，几块钱路费都舍不得出？那又何必一封一封来信？我想她都快想疯了，她根本不想见我。"

青年Ａ虽然看过不少中国和外国小说，却并未接触实际，只当小说看，好像观察另一个世界。他从未想到有人会向小说学习。他从小时就以为宝玉、黛玉的事有点可笑，是所谓痴情。家里有蔡元培的《石头记索隐》，他也看过。虽然不相信，认为蔡是借题发挥，另有隐情；但也觉得《石头记》不是单写宝、黛，不是歌颂痴情，而是另有寓意，只是说不出那另外的寓意是什么。因此他也不懂维特的烦恼。没想到这回邻人来"现身说法"了。真有这样的事。不过又不大像书中所说的爱情。

"也许是她功课太忙，准备考试，所以没写信吧？"他想象那个"之"不会是个无情的人。他想象那是个聪明伶俐多情有义的女子。至于相貌怎样，他从来没想过，邻人也没有给他看过照片。

"不是。我向她讨过多少次照片，她一张都不肯寄给我。奇怪的是,既然这样,她又何必总来信?信上总是那么关心我,难道都是假的?"

青年A有点不大满意。他认为不应该这样怀疑好朋友。而且他有股呆劲儿,一向认为,男女做朋友就要谈恋爱,恋爱就一定要结婚,这是非常可笑而且愚蠢的事。不论男女,做朋友不是很好吗?维特是个大傻瓜。但对邻人只好劝他不必这样着急。

"你还太小,不懂这些。"心园叹了口气,回屋了。

青年A觉得他这心中的园地太狭小了。而且他以为这也不像是情人。情人应当是为对方幸福而赴汤蹈火,放弃自己一切,怎么能要求别人为自己牺牲呢?

他还《双重人格》稿时,说译得还可以,只是文笔好像不如原文;说自己的英文不行,中文也不好,提不出什么意见;只在不懂的地方打了几个问号,供他参考。

"那是当然。"朱笑了,"原作者是大文豪,我怎么赶得上?麻烦你了。"

他是在阅览室里还稿子的,被刘注意到了。

以后刘问他此事,隐隐以为朱的中英文都不行,还想翻译,还去麻烦别人,是不通人情。

"你好像也翻译了什么?我看见你有一叠稿子。"他问刘。

"我译的是一个剧本。你愿意看,可以给你看看,也请你指教。"他笑了,显然是觉得这是过分的客气话。刘又请他去自己住的公寓。刘是北平大学艺术学院戏剧系的学生,他译戏剧是本行。也许是一门课的作业,青年A没问。

刘写的字很古怪,没有一个字是正的。不写竖行,他看到的全是横行写,把字的一半靠近前一字,一半靠近后一字,都好像是拆开来重新组合的。乍看很不惯,比郑板桥的字更不整齐。刘有个解释是，他们三个中学同学很要好；有一个人这样写字，另两个跟着学。所以他写成这样是为了纪念那一份友谊。这真是过分的友谊。在A看来，这也不可思议，只能在小说中出现。

他却不知事实是比小说更像小说的，他面前正演着戏剧。

有一天，在阅览室里，刘过来，拿着几本书和一本什么画报给A看。书是掩护，他的用意是让A看画报，封面上照例是一张美人脸。A看了想翻开，刘不让他翻，叫他再仔细看看。他仍然不明白。刘稍一转脸，把嘴朝借书台那边一努。A随着看过去，这才发现了画报封面照片中的人脸和一位女馆员的脸一模一样，圆脸，大眼睛，秀眉，小嘴，酒窝，连蒜头鼻子都一样。他天天见这馆员，却未能发现和画报上的无一处不像。他大感不解。怎么她上了画报了？翻开一查，画报封面上是个著名电影明星。再仔细审查，确实不是这个馆员，并不真一样。老实说，在他看来，那个明星是做作出来的，还不如这个馆员天然美。他真糊涂，竟从不曾注意眼前有个美人。

刘见他明白过来了，笑了笑，抱着书去柜台前，有意还给这位馆员，并且明显地把自己买的那本画报封面向上放在柜台上让她看见。不料那馆员毫无表情，收下书，问了句："还借不借了？"还了押在那里的出入证。她当然看到了那画报，却仿佛毫不在意，认不出来。她对面那另一位女馆员在看手里的一本什么书，没有抬头。只有青年A观察了这一幕戏。朱那天没有来。A却记得朱的话，这时才悟出，朱为什么说刘时暗示刘不仅是为看书去图书馆。果然书里有小说，书外也有小说；又不是小说，是演戏。刘真是不愧为戏剧系的学生。

于是他对刘有了兴趣，到刘的公寓去谈天，由此又知道了新奇的不可相信的事。

刘带着神秘的神气拿出了几张纸给A看。这是在刘的公寓里。

也是一间小房，比 A 住的好些。

"这不是信吗？收信人名字怎么像个丫头名字？"A 问。

"你不用问，往下看就是。"刘说。

原来是一封情书，写得缠绵哀怨。字也很秀丽，像是女的写的。两张纸，信还未完，署名不见。口气看得出是男的写给女的。内容有些话却不知所云。

"你猜这是写给什么人的？"刘问。

"收信人是个女的，没问题。写信人的字也像是个女的，口气又像男的，又像女的，这样情意绵绵；可是说的什么不清楚。我看不出来。"

"我料你不懂，所以给你看，试你一试，也让你开开眼界。这是写给一个妓女的情书。写信的是一个大学生，男的。"

"你骗我。要是真的，你怎么弄到手的？你去逛窑子了？妓女也不会把别人写给她的情书给你。我不信。"

"完全真实，一点不假。我不骗你。我没逛窑子，没那份钱，也没那闲心。这是我的一个同学弄来的。他的理由是学戏剧需要了解社会上各种人，所以也去逛窑子，研究妓女，说将来要写像《海上花列传》那样内容的戏剧。不知他怎么弄到手一些信。大家都说是他编造的。可是一调查，确有其人。他还去找过那人，两人居然成为朋友。那妓女无意中做了介绍。真是天下之大无奇不有。当然对他们必须'姑隐其名'。信写得真好。人，老实告诉你，我也见过。只是不知道他为什么要写这样的信，还不止一封。当然你不认识这人，说出来你也不会知道，不过还是不说的好。我们两三个同学弄清楚了这件事以后，约定把信留下，把最后一页末尾毁掉，成了'匿名信'。名字谁也不许透露。对本人无论直接间接都不能透出风声，使他知道信在我们这里。至于那个妓女，你一定想问。告诉你，调查过了，完全是普普通通一个妓女，不过认识几个字，怕也未必能全看懂这些信。当然不丑，却不是美人。伶俐，可也不够怎么聪明。毫不出奇。我没有去亲自看，我不愿意去那种地方。有两个同学去核对了。女的对这些信无所谓，不过是当作一个普通客人。写信的人并不常去，这大概是写信的缘故。"

"真有这样的事？我怕你们上当了。也许是你们几个人创作出来的一个故事，拿我做试验，看人信不信。你们学戏剧的当然又会创作，又会表演。"

"我不同你争论。不过我可以对你明白说，除了那个人是谁以外，全可以说。其实那人自己也未必讳言，不过我们约好了不揭露他。这信我只拿来一封。那些信里什么话都有，编造是编造不出来的。若是我们能编写出来，我们都成为莎士比亚了。这信我就写不出。"

"不管是事实还是小说，你怎么解释？"

"亏你看那么多书。《茶花女》《花月痕》你以为全是假的？现在不会有了？你没看过《苦闷的象征》吗？这些信是一种心理上的情绪发泄，是可以作科学解释的。我给你看，为的是使你长长见识，不要以为书是书，人是人，书和人不是一回事；也不要以为什么事书上都有了，光看书就能懂得了。"

青年 A 对这事虽然有点惊异，但兴趣不大，没有往下谈。他忽然想起另一件他有兴趣的事，便问：

"我想到你们学校去看看，可以吗？"

"那有什么不可以？跟我去就是。"

"我还想听一听教授的课，行不行？"

"那也行。明天就有我们系主任的一堂课，你可以随我去听。"

"你们的系主任？不是那位著名的戏剧家吗？他的课能随便让人听？他是系主任，还能不认识学生？我怕被赶出课室。"

刘哈哈大笑,说:"放下一百个心。我保险。别人的课我还不敢说,因为那要实习,当场做戏。系主任的明天这门课是理论性的,包你满意。"

"戏剧理论我没研究,听得懂吗?"

"绝对没问题。说是高年级的专门课程,可是系主任的讲授与众不同。你明天上午来,一起去。连参观带听课。我还可以给你介绍认识几个同学。"

"我怕认识人。我算个什么?学生不是学生,无业游民一个。"

"真有你的。你太小了,带你去见见世面。"

第二天他随着刘进了艺术学院的大门。

这是不新不旧的一所院落;既不是王府,也不是新建大楼。门口也没有把门的,只有一个牌子。

首先参观剧场。登上舞台,刘一一指给他看。这是天幕,可以变颜色的,用灯光变换。那边是照明开关。这是提词人的地位。这是化妆室,一人对一镜。这是放服装的地方。这是放道具的地方。这是制造风雨声用的。这是制造雷电效果的。现在这几件道具是排演《月亮上升》用的。这戏不久就要公开演出了,是个短剧。

刘对他一一指点,好比上了一堂课。

"快上课了,跟我走。"刘带他匆忙离开剧场。

走过一间屋,从玻璃窗看见里面有些人在活动。刘说这就是赶排《月亮上升》。

到了目的地。教室不大,有些人已经在里面坐着,见新的人进来也不露丝毫惊奇。刘带他到后面,把旁边两位同学介绍给他。不多年后这两人都有了名气,当时还只是普通学生,看不出天才的光芒。他们没问他是什么人,刘也没有说。

名教授一进屋,全室寂然无声。没有什么礼节。他原来以为这位美国留学回来的必然是一派洋气,不料恰好相反。教授穿件绸长袍,戴一副眼镜,手拿一把折扇,像是北京人加上海人的气派,没有美国风。他身材中等,微胖,年纪不会过四十吧?他发表成名剧作时算来还是青年。

教授面带笑容开讲,字字清楚,抑扬快慢如念台词。他没带一张纸,也不写黑板,有座位也不坐,手执折扇挥来挥去,时而打开,时而收拢,仿佛扇子是他不可缺少的讲课道具。本来这时已是秋天,扇子的功用不是送凉而是表演了。讲的内容很充实生动,多半是讲外国,也讲中国。有时夹点英文。理论讲的不多,实际例证讲的不少,而且边说边演,给人印象很深,却复述不出核心内容。听他的讲课,不觉时间过去。下课铃响了,他把刚打开的折扇一收,微笑着,飘然而去。

刘站起身来问了他一句:"怎么样?"

"理论实际兼通,导演表演合一。"

他这话讲得声音很低,本来只说给刘一个人听的,不料被新介绍认识的那两人在旁也听到了。三人一同大笑。

刘说:"你进我们戏剧系吧。你懂戏。"

那两人同声表示:"欢迎!"却还是不问他是谁。这既是礼貌,也是聪明。当面问也许本人不好答复;若想知道,以后反正刘会告诉的。这不是本系的人,甚至不是本校的学生。刘只作单方面介绍,这就不问可知了。

刘告诉他,本班学生只有十人,每次到得不齐。上课的有的是本系学生不属本班的,有的是学美术的,还有学音乐的。所以旁听课的不止他一个,而且经常如此。听的人越多,教授越高兴;越高兴就越讲得好;天南地北,上下古今,无所不讲。

"当然,演戏绝不怕观众多。"青年A说。

他不想学戏剧,因此也没有再去,却和刘做了朋友。刘对他说了一些自己的私房话,也有不可形容的难言的苦闷。刘想毕业便回江西,不打算以戏剧为职业,做什么事还说不定。

在参观艺术学院之后不久,邻人心园起了变化。

傍晚,青年Ａ从头发胡同回来,刚进屋,邻人就来了,两眼含着泪,向床上一坐,对他说:

"完了!我算完了!这一生完了。"

"怎么啦?"

"天津来信了。"

"那不是很好吗?怎么说的?"

"你自己看吧。"递过来一张纸。

信里话不多,只说收到信有点感到意外。说她忙着功课,所以少写信,仍然没有忘记他这个朋友。说她下学期更要忙,想毕业后立即工作,要先做准备。她没有考虑读书和工作以外的事。说她认为友谊是最可宝贵的,有知心朋友比什么都好。最后说,寒假不回家,当然也不能来北平看他。功课和考试忙,少写信,希望他能谅解。署名仍然是"你的朋友之"。信写得很婉转,亲切,毫无剑拔弩张之态,也没有正面对他的问题或提议作答复。丝毫没有绝交词句。他不明白收信人为什么会感觉到"完了"。

"我看不出有什么不好。不还是好朋友吗?"

"你太天真了。我向她那么热情地吐露我的心意,她还给我这样冷淡的一瓢水。而且,寒假也不来看我了。这不是绝交书吗?我恨不能马上搭火车到天津去找她,看她当面怎么说。朋友!朋友!这算够朋友?青年男女之间没有友谊,只有爱情。"

这末一句话使青年Ａ大吃一惊。若是在什么书上看到,他不会吃惊;然而活人嘴里这样讲,他有点反感。他以为那只是诗或小说中的一种说法。不做朋友,怎么做爱人?爱人也不是必然要成为夫妇。那样也太简单了。

伙计端了晚饭进来。邻人回屋。晚饭后,他又来了,手里拿着一大叠信。

"我不去天津了。没脸再去见她。我想把她的信全退回去,让她看看自己从前怎么讲的。让她知道自己不对。不同我好到底,干吗写信?我不做她的朋友。我的火热的心不能同她的冰冷的心做朋友。"

"那,那不是伤她的心吗?她的最后这封信还是很客气很委婉的。"青年A迟迟疑疑地表示异议。

"我就是要伤她的心。她能伤我的心,我不能伤她的心?"邻人不流泪了,讲出决绝的话。

这话太过分了。青年A大不以为然,忽然义愤填膺,说:

"那可不对。我也不知道你们究竟是怎么回事。不过她没有退回你的信,也没要回她的信,又说还是朋友,你何必明白表示无情绝交呢?你不要她的信,不回她的信,把这些信都烧掉好了。"

"我不能亲手烧。我不幸遇上这个薄情女人。我不要这些信了。你说不寄还,就不寄还,交给你处理了。随你怎么办吧。"说完,邻人把信往桌上一放,带着又伤心又有气的样子回屋去了。

青年A望着那些信,有些还在拆开的信封里,有些是一张张叠好的,字迹娟秀又带点男子的刚健之气。他一点没觉得这个"之"有什么不好,反而觉得这是个很值得佩服的女子。如果她寒假来,能见到她,一定是个大姐姐的样子。现在事情已成过眼云烟。别人的信,特别是情书,他是不得本人允许决不看的。尤其是女人的信,不是写给他的,他决不看。唯一办法是全部消灭掉。

他拿起信,到门口,在院子里角落上,划着一根根火柴,把信一封封烧去。顷刻间，那几十封信化为灰烬。他望着一阵一阵冒起的火焰和最后留下的一堆灰，幻想若是那个"之"忽然来了会怎样。是对他点头表示感谢呢，还是摇头不悦呢？他做得究竟对不对？本来以为这是第三者的义务，完全正当，现在有点动摇了，但已无可挽回了。

他走进邻人的屋子说："都烧掉了。"

邻人伏在床上，可能没吃晚饭，好像在哭泣，不理他。

他退回房里，想，这又是个维特，该不会自杀吧？自己是不是多管闲事？

次日清早他出门时听到邻人在给胡琴调弦。他想，没事了，事情过去了。一天云雾全散。

他在头发胡同没见到刘和朱。他前一天做的事绝不想对刘或朱或任何人说。他认为这类事是绝不该对本人以外的人谈的。烧信的事只能永远埋在自己心里。不过他想去见别的人谈点别的话，忘却这件事。看了书以后，到刘的公寓。刘的门上一把锁。他转身走时，院中有人搭话说："刘去学校了。这几天忙，要演戏了。"他一回头，见一个高个子对他招呼，讲的是湖南话，不大好懂。

"我住刘的隔壁，到我屋坐一会儿吧。刘快回来吃午饭了。"

他想自己也该回去吃饭了。不过这人如此热心，又是刘的邻居，去坐一两分钟也好，便随他进去。

那人姓蓝，不是学生，是来暂住的，不久就回去。他说常见他到刘屋里，又听刘讲过他，早想认识。看来这人很直爽。

他坐了两三分钟便告辞。那人笑嘻嘻地说："停一分钟，我给你看一样东西。你许没见过。"说着，一掀枕头，取出几张照片递给他。

他一见便不觉吓了一跳，果然是从未见过的。那是一张张电影明星照片，都是外国的，都是女的，各种姿态都有。不知是从哪里弄来的。他若知道市场里就有卖的,便不会奇怪了。因为他还只有那一次看过罗克的笑片,所以对这些女明星一个也不认识。对这些"妖形怪状",他没有仔细看便还给那人,也不说什么,就出了房门。

"没事再来。我总是在家,欢迎你来闲谈。"

他回身点了点头,没答话便回去。以后他也没把这件事对刘提起。没看过电影,不认识明星,不是什么光彩的事情。

十一　春灯谜

一九三〇年北平九月重阳下大雪。

青年B教了一个多月小学了。雪后他想起青年A不知怎么样了，便在一个星期日早晨从外城到内城去看他。

他见门上没锁，便推门进去。只见A还躺在被窝里睡大觉。他实行上海一位名人提倡过的"废止早餐"，不出去吃早点。不过这只是在星期日一天。这天图书馆关门。

青年B没有惊醒主人，自己坐下。他知道这样"废止早餐"不是为健康而是为省下那几大枚。不由得微微叹了口气。

他忽然发现墙上贴了两张小字条，走近一看，是一副对联，是A自己写的。

上联是："社会中之零余者，革命中之落伍兵，来日如何？已觉壮心沉水底。"

下联是："于恋爱为低能儿，于艺术为门外汉，此生休矣！空留泪眼对人间。"

B含笑点点头，又吁了口气。看看桌上只摆着毛笔、砚台、墨和几本英文书。还有些纸张和练习簿，一瓶墨水，一支插笔尖的钢笔。

A睁开眼，掀开被，发现B坐在那里，赶忙起身穿衣。他只穿一件毛衣，一件棉袍，一条棉裤。刚起来就连续咳嗽。

"你这样不冷吗？这样怎么能过冬？这里冬天冷得很。听说结上冰三个月都不化。"

"伙计说要生小炉子，烧煤球。自己买要三块钱，租用公寓的也可以，便宜些。他劝我还是买一个；不需要时，可以折价卖给公寓。公寓的都是旧的，租金便宜不多少。煤球和劈柴自己买，每天只生一次，夜里端出去。当然还得多给伙计几文小费。我想只晚上生，白天去图书馆烤火。那样也许只要一块多钱一个月就够了。"

"不要冻倒了。你咳嗽很厉害。我想到你该生炉子。给你准备了。"B说着掏出五块钱交给他。

"家里来信说，过年前可以汇来一笔钱。现在住了一个多月，公寓可以赊账一个月，接得上。"A说。

"炉子可等不得，咳成肺病就坏了。"

"不要紧，我在家也是一冷就咳嗽。家信说寄来了皮袍子，是我姐姐做的，用旧皮袍改的，大约快寄到了。"

两人都不知道A这时已经染上了肺结核，不过还轻，北方干燥寒冷对病菌还起了点抑制作用。

"我带了这个来，不知你看到了没有？"

B从衣袋里掏出一张报纸，指出上面一则小方块的小广告：

"某某某启事：本人因年幼无知，误入歧途。今已觉悟，痛改前非，与共党脱离关系，从此不再参加政治活动。特此声明。"

"报上看见过，不止一次了。同样的语言。叛徒还不少。"A说。

"现在要小心，不要上当。这种人最可恨。他们知道内情，装模作样摸底。一相信他就坏了。"

"我现在认识的人没有一个是这样的，不论真的，假的，没闻出这种气味。"

A说完,出门一望,邻居门上一把锁。进来对B说:

"这个邻人是个颓废派,恋爱至上。最近失恋了,天天拉胡琴。此刻不在屋。在图书馆和大学里外见到的人没有值得怀疑的。照报上登的看,现在是打破了一个组织,又张起了一个网。登启事的不知是什么人。现在鬼花样多得很。真假全有可能。"

"到处都有钓鱼钩。家乡不知怎么样。明年暑假也许我回去看看。现在有个情况同你商量。小学和隔壁中学的人我大半都认识了。小学校长是个大坏蛋,是(国民党)市党部的。所以你少到我那里去。不过他不常到校。我有个职业,不但生活有了保障,也容易认识人。前些时见到一位农业大学的讲师,是在凤阳五师附小教过书的。现在他只一心想考留学了。又认识一个清华大学学生,姓陶,学历史的,很能吹,摸不清底细。他住城外校内,所以见得不多。还有个清华学生也来过小学,是追一个女教员。"

"清华历史系?是不是蒋廷黻的学生?你只看他对这位蒋教授的态度就知道了。"A说。他从报纸杂志上知道这位教授是和政府通气的,把这点告诉了B。

"我没同他谈什么。另外又有个姓甘的,也不知是不是真姓甘。没有职业,在别人处和小学里见过两面。我记不得我讲过什么,他忽然昨天到小学交给我一个条子,你看。"

一张小纸条,上写:"日前谈后知为马里。希望有暇过我一叙。"

"这个人靠不住吧?他谈过些什么?"A很怀疑。

"听不出什么。谈到时局,他口气很表示不满。"

"不行。越是无故表示左倾,越靠不住。你不是说到处有鱼钩吗?千万别吞下鱼饵。这里情况很不对,同我们那乡下不一样。现在不是在凤阳。在凤阳不也是吃了大亏吗?哪有写条子明说什么'马里'(自己人)的?他是同乡吧?怎么知道这句土话?"A问。他看的俄国小说和福尔摩斯侦探案等对他起了提高作用，不是两年前当"信使"和跳下水想过河的孩子了。

"是大同乡。你说我该怎么办？什么'马里'，表示懂还是不懂？"

"当然不懂。什么'马里'？你问他是指什么。问他为什么要写条子。"A坚决地说。想了一想，又追加一句："你好好想想，说了什么话让他认为你是'马里'？什么人介绍认识的？都是些什么朋友？他住什么地方？靠什么吃饭？现在什么组织都有，不光是革命的，反动的，还有不知是什么的，不只是国家主义派了。我见到人一露出有行帮气，就避而远之。幸好，遇见的还没有那种人。"

"我觉得这人好像两边都不是。我去过他住的地方。租的一间小房子。去时看见只有一个女学生在屋里。认识他是在小学里。一同认识的人没有可疑的。他不认识小学校长。关于'马里'，我想还是不问为好，装糊涂，当作是说朋友好了。一问倒麻烦了。"B答。

"总之，要小心。现在我们手里什么也没有。等你明年回家去找人问问。我怕现在情况有变化。暂时我只有钻在图书馆里。劝你认识人要小心些。"

"有消息再告诉你。还有一个人。这人的底细是清楚的。黄埔的那几个人认识他。他不是黄埔的。带过兵。现在住在这里等机会。很有点大志，想招兵买马。你要不要去见见？"

"老李说过吗？"

"说过。这个人很豪爽，有点江湖气。他反对南京，所以不能到那里去做官。"

"大概是阎汪搞政府的时候来谋事的吧？"

"对了。好，现在不谈这些了。你这个我给你撕掉。贴在这里不好。你嘴说小心，还在墙上写什么革命，落伍，什么意思？"B一举手把墙上的对联撕下来，扯得粉碎。

"这是昨天晚上写的。没想到你今天就来,第一个看见。我这屋里除隔壁邻人外没有人来。"A笑着说。

"我给你打听会馆了。安徽会馆办了中学、小学,剩下几间房子留给同乡暂住,要有关系。那里你住不进去。凤阳会馆在前门外,小院子,旧房子,潮湿得很。早已都住满了家眷,满院子煤炉子、煤球、劈柴。搭上棚挡雨做饭。都是长年住客。你还得住公寓,花房租,哪里也去不了。"

"公寓可以赊一个月,也有好处。"

"现在出去吃饭。这里就便宜公寓老板一顿吧。"B知道公寓的伙食很坏。这时他已经听说,有的公寓会用死骆驼肉冒充猪肉给住客吃。不过他没讲,怕A听了犯恶心,以后吃不下饭。他是特意来找A出去吃一顿的。昨天发了薪水,预付了下月伙食费,剩的钱还可以花几天;因此给A送来五块钱,再请他吃一次小馆子。

两人一同出门。北平是著名的"无风三尺土,有雨一街泥""晴天是香炉,雨天是酱缸"。初雪后,除阴影里以外,太阳一出还化雪,满地泥泞,走到石驸马大街才好些。

两人进了"酒缸"。这是老李介绍的,所以也为了纪念他。

B叫了二两酒给A喝,又要了一小碟煮花生米和一小碟煮蚕豆下酒。再要两盘四(小)两炒饼,两碗刀削面,一碗酸辣汤。

边吃喝边谈到老李,南下后没有信,不知怎么样了。吃完,两人分手。A回公寓见邻居门上还锁着,自己进屋盖被睡了一大觉。

过了两星期,B傍晚又来找A,说那位军人同乡当晚请几个人"消寒",一定要邀他去,说,"再饶公寓一顿饭吧。"拉他走了。

这位原任什么长的人现在公称余三爷,中年,有点军人气概,却穿的是一件缎袍子。屋里生着大炉子,很暖和。A没有大衣,仍穿那件旧棉袍,罩着蓝长衫。

吃饭的只几个人。主人是豪饮量。A也陪他喝了几杯。还有客人不但喝酒，而且划拳。

A所注意的是来回张罗的唯一女性。她年纪很轻，略施脂粉，戴着耳环，头发是梳成髻的，额际又带点"刘海"。身穿绣花红短袄，绣花绿棉裤，绣花鞋。她不但谈笑风生，而且很能喝酒，还会划拳。这桌菜饭虽不算酒席，却也十分丰盛，最后还上来一品火锅。这都是她安排的。可是没有人称她为太太。谁也不称呼她。三爷叫过她一声什么，A没听出来。她还一一敬酒，也敬了A一杯。B不饮酒，只略沾唇。她不依，指定A代喝。她说："我一看就知道你能喝。不划拳就得喝酒。"毫不客气。三爷纵容她同客人闹酒，还呵呵大笑。

A观察分析了半天，认为这个女的不像他见过的所有旧家庭女人，同在家乡以及这里大学和图书馆中见过的女性也不是一路，心里有点犯疑，不便问。

饭后谢了主人，出房门，主人送到门边忽然招呼B进屋说了几句话。B答了几句，出来对A说：

"三爷见你穿得单薄，想送你一件袍子。本应送钱，今天把钱花掉了。怕你不受，让我讲一下。他是好意。我说不必了，他一定要我同你说一声。"

"你说我家里寄皮袍子来了，我没穿，谢谢他的盛情，我心领了。"

B进去说了。A心里想着赠范雎绨袍的典故，却又觉得自己成了落魄少年招人怜悯，不是滋味。他也知道这位三爷是招揽部下准备带兵当官，并无恶意，是出于那一套江湖义气和官僚作风。

B出来同走时，A问起那个女人。B笑说："那还看不出来？妓女出身的姨太太。这种人就是这样。现在靠典当东西过日子，还得有姨太太，还要请客。他在这里住不长的。"

三爷还有句话B没有对A说。那是说，A咳嗽是有肺病，怕活不到三十岁。可惜现在没钱，不能给他治病。这话到 A 和 B 都活过了三十岁时才谈起。又过了十几年，A 照肺部透视像时才知道肺部有钙化点。什么时候得的，怎么好的，自己都不知道。

若干天以后 B 来给 A 的消息是：陶果然是蒋教授的得意门生，毕业后就去南京做官。余三爷已经携妾南下；不是去南京，是到别的什么地方。还有一件意外的事是那个甘某逃走了。

"是逃避逮捕吗？" A 问。

"也是，也不是。据说不是政治原因，是爱情原因。他和一个中学女生恋爱。女的家中知道了，不答应，把女孩子关在家里不让上学。不知这个甘用什么法子使女的私逃出来，和他一同到上海去同居，住在一个小亭子间里。甘是一文不名，竟不知他怎么走的，又是两人，真是奇迹。"

"什么奇迹？女的从家里带钱了没有？以后女的家里还会给钱的，在生米做成熟饭的时候。女的家里有钱吧？这样讲家教的不会是普通家庭。" A 冷冷地说。

"我倒没想到。女的是个大家子女；可能是什么官僚家庭。所以甘发动了家庭革命。女的也许迷上了甘的那些革命词句。我真没想到。" B 说。

"这有什么想不到？司马相如和卓文君，两千年前就办过这种事了。最后卓家还得送钱。"

"真是谜一般的人生，真有谜一般的人。"

"我喜欢猜谜。我这邻居也是个谜。不过我已经猜出谜底了。他前些时天天在家拉胡琴，现在天天不在家。寒假他要回家去。"

A 说的猜谜也是真话。他在家时每年过旧历年都要猜灯谜。他记下了一些老灯谜，专喜猜古怪的。

不想在北平也有出谜语的，他由此又见到一个也可以说是有谜的味道的人。

那是在过了旧历年过元宵节的时候。青年A到西单商场去闲逛。那时商场里都是摊子,只有两处二层小楼。有的摊子搭成了房子。在书摊子中间有一家有房子的书籍文具店,在玻璃窗外贴了一些纸条子,上面是谜语。店门口说明猜中者可到屋内领奖。他看了看,有难有易。看来出谜的是个行家。没有什么老谜语,也没有"四书"谜。字谜和物谜较容易,没有意思。他想猜几个难的,找一找出谜的人的"用神"(卜卦用语)。猜了两个"聊目"(《聊斋》的故事题目)都对了,领了一支毛笔,一锭墨。他又去看。又见撕去了猜中的,贴出一个新的,还是"聊目"谜,谜面是"太公望、子之、子产"。这明显是用三个人名迷糊人。注明"卷帘格""打聊目二"。他想,联起来,"子之子"是个"孙"字。《聊斋》有个《孙生》,倒过来是"生孙"。前半的"太公"应是"祖"。《聊斋》里没有"祖",那就是"翁"。对了,有个《祝翁》。四字是"祝翁""孙生","卷帘"倒过来是"翁祝生孙",三个名字联成一句话。他记下条子进去领奖。不料他旁边有个人注意他了,也记下一条跟着进去。两人各领到一支笔。

"你对《聊斋》很熟,猜了几个全是'聊目'。"那人趁机对他说话。

他记起来,这个人从他猜中第一条谜起就一直跟着他转,便回答:"你的《水浒》也熟,我看你猜中几个全是水浒人名。"因为总是一同领奖,所以他知道。

"也有一句《西厢》,没去领奖。我看你猜中了一句唐诗,也没领奖,只嘴里念出了那句诗。"

"可见你也猜中了。我没有注意你猜中《西厢》。"

"那是因为我嘴里没念出来。我见你猜中不去领奖,我也就不去了。"

"猜谜不是为领奖。"

"是的,有人猜《宇宙之谜》,并不得奖。"

"你是说马君武译的那本《赫克尔一元哲学》吧?"

"当然。我喜欢猜谜,因为我喜欢数学,想破这宇宙之谜。你不认为谜语和数学有联系吗?"

"岂止数学?文学更是谜语。历史是一大谜语。古往今来哲学家、科学家、艺术家都是在猜谜。不仅如此,占卜也是猜谜,是解数学题,不过解答是幼稚的,错误的。对不对?"

"对。《易经》《太玄》都是数学,也是谜语。我学数学,所以不能不猜谜。"

"你是学数学的?在哪个学校?"

"北大数学系。"

青年A吃了一惊,心想,到底是名不虚传,北大有这样的学生。

那人见他没有立刻应声,不知为什么,便说:

"学校教数学,并不讲猜谜、卜卦,我是自己爱好。你想必会卜卦?"

"学过一点周易、六壬,没学奇门遁甲,不过都没学通。那是小时候好玩。"

"卜易卦可惜没有蓍草。用金钱代替,就不是'大衍之数五十,其用四十有九'了。"

"你想必也会下围棋?那也是数学。"

"我们真是同好了。你也是学数学的吗?"

"我才来几个月,没进学校。"

"我来了三年半,再半年就毕业走了。三年多我也没遇上像你这样的人。我看你猜中不领奖,专找难题猜,就注意上了。果然不凡。"

"我是'有眼不识泰山',没想到当面对着一位北京大学的高年级学生。失敬,失敬。"A 有意幽默地用旧套语。那人照样回答:

"岂敢,岂敢。北京大学是块招牌,里面什么样人都有。我算不了北大学生,不合学校定下的规格,不过上课、考试、领文凭罢了。你是不是打算考北大?对不起,我看你年纪不像是上完了大学的。"

"我除小学以外,什么学也没上完。考北大连想也没想过。你是我遇见的第一个北大学生。"他想,这是萍水相逢,不妨说实话,反正他无从查考。管他信不信,看得起看不起。

"别总在这里人群中站着谈了。我提议去吃元宵,好多谈谈。照洋规矩,彼此互不请客。好不好?"北大学生问。

"好。这叫作'中学为体,西学为用'。以西式算账法吃中式元宵。谨遵台命。"青年 A 答。

两人走进前面元宵店,各叫一小碗元宵,每碗只有四个。

"正好两仪合成八卦。"青年 A 说。

"四象变三才。"北大学生说,他一口吃掉一个。

"你们北大像你这样中、西、文、理兼通的人很多吧?"

"不敢说,没有统计过。像我这样的邪魔外道也许只有一个。"

"教授之中呢?"

"那么多先生、学生,我不敢目中无人。中西兼通的大有人在。不过我知道只有一位文学院教授在理学院讲课,教的是'历学',讲历法。我去听过。"

"那一定精彩之至。"

"是精彩之至,可是我实在不敢恭维。选了不能不去听,勉强混了一学期,得了学分,当然也学了点东西。我把这位先生当谜语破,每堂课破他出的谜。他在文学院教授中是数学最好的,在理学院教授中是史学最好的。他也开科学史课。这位先生在教授中大概也像我在学生中一样是个邪魔外道。北大之大,各种人物都有。你住在西城吧?何不搬到北大那边沙滩去住?那边真有三山五岳英雄,五湖四海豪杰。只怕西城比不上。"

"我住在这里因为公寓便宜些,还为了有个头发胡同图书馆。"

"沙滩也有各种各样公寓和饭馆,也有不是公寓而出租房屋的,不见得比西城贵。你还可以住进北大宿舍,不花房钱。没有人管。不少学生并不来住,名为两人一间,往往一人独占,有时还空着。可惜我们四年级要毕业,都来住了。我房里有位同学住着,不便邀请你去住。至于图书馆。你不知道北平图书馆修建好了,在北海和中南海附近。中西文书都集中在一座新楼里。进门就领入门证,一文不花,随意借阅。你那个胡同图书馆未必赶得上吧?从沙滩经故宫景山门口走到北海西面,早晚当散步也是好的。马路平整,两旁人行道有树。南池子北口有家'一条龙'面馆,押面特好。当然,北大图书馆你不能借书,那要凭学生证;而且文理分家。文科的在嵩公府,老房子,旧书多,不摆出来。怕丢。"

这位大学生的痛快劲儿真使青年 A 佩服,认为这才像个大学生。从此他动了去北京大学"巡阅"之念。又想,北平图书馆不知何等壮丽;开馆后,若能进去看书,岂非"三生有幸"?

两人天南海北谈了一阵。吃元宵比不得饮酒、喝茶,不能久占座位。分手时,那位大学生慷慨伸出手来和他一握,又加重说一句:"我姓赵,住北大东斋。希望你来找我,再痛快谈谈。我一准候驾。"

从西城到东城北大没有电车直达。乘人力车来回是一两天伙食费。若是步行,要走一两小时。青年 A 半年没有应约前往。等到他第一次到沙滩时,找到东斋一问,赵已经毕业离校不知去向了。

十二　岁寒三友

邻人心园一放寒假就回家去了。

天天看见他那"苦闷的象征"的脸,青年 A 觉得这还是个好人,便写了几首旧诗给他送行。其中最后一首是:"人海浮沉几许时,前途命运怕寻思。谁云奋斗即生活?试向天津问某之。"但怕惹他烦恼,这一首没给他看。

"你回家去后,寒假里我给你写信,一星期一封。"下面还有一句:"和那个'之'一样。"没说出口。

心园的脸上闪过一下惊疑之色,随即笑着说"好"。他没有当真,以为这是小孩子的戏言,是安慰他的。他觉得受人怜悯不大舒服;但怜悯者不过是不满二十岁的顽童,自然不必计较。

青年 A 却是当真的。这并不是由于烧了人家的信想补偿,也是为自己不知道的一种说不出的心理所驱使。他晚上提起毛笔写信,报告当地的北国风光,询问更加遥远的真正北国风光。他以小弟弟的口气写信,自己也觉得像是对一个哥哥说话。但对南方的真正的哥哥却从来没有这样说过话。感情是一件事,感情对谁发泄是另一件事,假的有时比真的更能激发感情。

冰天雪地中的这一滴意外友情给了心园莫大的安慰。

寒假一完,他回来了。

他收到这些信很得意,感情有了补偿。他真把这个大孩子当作弟弟了。他说:"家里见到妹妹,又收到弟弟的信,感觉到人生还是有幸福的。"他的妹妹比这个弟弟小一两岁,还在上中学。他并没有对这个异姓假弟弟讲自己家事。关于那个妹妹他只讲了这么一两句,没说她将来要靠订婚才能继续上学。关于那个"之",他再没有提一个字。

青年A却没有把那个"之"和她的信一同烧掉。他不知怎么总会忽然想到那信烧得对不对。也许是应当留下来,将来还给她?听这自命哥哥的人夸他的信时,听他说到每星期总盼他的一封信时,自觉成了那个"之"的代替。怎么把自己和女的相比了?有点气愤,又有点不好意思。那个"之"却一辈子也不会想到有他这个人存在。

心园见他沉默不语,便改变话题:

"我看你的信写得很好。听我的话,你练习写作。写什么都行。有什么见闻感受都写下来,像写信一样。这样练下去,我相信你一定会写得好的。我写得不好,还常常练笔写。这也和练写字一样。"

他回家去办好了什么协议,恢复了家庭接济,在毕业前又可以过原来那样的日子,当然不再住这小房子了。

他搬家时再三嘱咐青年A要常去看他。

接着来当邻居的还是个东北口音的人。这人好像白天总不在家,青年A只见过他的后影。晚上也不常在家,在家时就有些客人谈笑打闹,好像还喝酒,有时唱几句不成调的歌或戏。猜想他也是个大学生,应该还有点钱,不知为什么会来住这低级小房。

有天晚上竟传过来一个女的声音。

青年A想逃出去,但天气太冷,晚间又无处去,只好对着小炉子的蓝色火焰发呆。他不听隔壁的谈话,但总有些话传进他的耳朵。

男的话很粗俗，女的却报以笑声。女的笑声很爽朗，仿佛男的说什么她都毫不在乎。但她自己的话却是文雅的，一听就是个大学生。不知这两人怎么结交的。都是东北口音，证明他们是同乡。男的一声一声"蜜丝"（小姐），女的却不叫他什么。

更坏的情况还有。好像男的请女的喝酒了。他一次又一次叫伙计，想必是买酒菜花生之类。男的口气还很客气，不低声却下气，极力巴结女的，却是卑鄙的巴结，说的话几乎没有常识，甚至不堪入耳。青年Ａ不愿听又不能不偶然听到几句。隔壁的谈话和手中的书中的话互相夹杂。这可能是有了女高音的干扰之故。

胡琴声响起来，卖唱的进院了。听得见男的把他们叫到门口，让卖唱的女孩子唱。拉琴的问唱什么。男的再三要女的点。女的只是笑。听不出笑声中是什么用意，但确定是毫无怒意。唱起来了，是男的点的小调。一支比一支粗鄙。卖唱的女孩子恐怕只有十来岁。听唱之中，男的力劝女的饮酒。女的除了推托一两句外只是笑。笑声配着小曲声，都是女的。

青年Ａ想，这怕是一对疯子。不，男的不疯，怕女的有神经病。这种小调他都从未听过，怎么那位"蜜丝"能听得下去？以后会怎样呢？不会出事吧？他又想搬家了。

唱小曲的得钱走了。听见男的挽留女的，又听见女的不停顿的笑声，听见两人出了房门，听见男的喊伙计叫车子，女的笑说不必，男的一直送出大门，过好半天才回来。青年Ａ想，真是谢天谢地。若天天如此，他非搬家不可了。他连掀开窗上纸帘望望都没有，只是听见声音，声音没法抵挡。

幸而女的只来这一次。总共没过两三个星期，男的就搬走了。住了还不到一个月，却不能不付一个月的房租，可见那人不是没钱的。他究竟为什么来住？猜不出。因为青年Ａ经常不在屋，邻人却不足真的天天出去。有些事青年Ａ不知道，也想不到；但在掌柜的和伙计眼中却不足为奇。

晚间没有新书看，天冷又不便夜里去商场或旧书店看书，可找的几个人也不愿常找，于是青年Ａ买了几个本子来。无信可写，便照心园讲的，写点什么试试。他买的是最便宜的毛边纸本子，有竖红格子，像大账簿。他用插笔尖的钢笔写字只是抄英文，没有钱买自来水笔，又嫌铅笔字太不鲜明，而且练习簿子算起来比这大本子还贵些。用这个还可以练毛笔行书字。

他什么都写，也从借来的世界语书中翻译一些。揣摩阿狄生的文章觉得无法译，便研究为什么不能译，译不好。又看英文《维特》，记住一些自己认为很难译好的句子，跑到书摊上去找郭译的翻印本来对照，觉得译得太自由。单看中文不觉得，对照原文才知道这个《维特》是郭先生的，那位歌德先生的只怕同英文译本也不会一样。以后要学德文，追查到底。

隔壁又来了新邻人，看样子是和他一样的穷学生。两人少见面，不招呼。邻屋极少来客，主人晚间常不在家，他又可以住下去了。

这时他在图书馆里天天看报纸，对平、津两地的报有些认识了。《北平晨报》《世界日报》是看的人多的。《华北日报》是国民党市党部的报。那种又含糊又明白的小广告"声明""启事"就登在上面。纸张印刷都好些，证明它有钱。还有家《北平新报》不怎么样。小型报很多，但图书馆里只订了两三份。天津《大公报》较高级也较守旧，常登文言文。有两份《益世报》，一份是天津出的，一份是北平的，都是天主教的报纸。但两份的纸张印刷编排却是两等。天津的和《大公报》差不多，北平的纸劣又字迹不清。明显是两家的本钱大小不一样。天主教连办报也分教区等级，只名称相同。此外还有北平出的英、法、德文报刊，这图书馆里没有，政治学会图书馆才有。

北平的《益世报》上有个文学副刊，每周出一次，大半版。上面常登署名"病高"的小文章，看来是一个大学生。还有另一人写的文章末尾有时注上"于清华园"，应当是清华大学的学生。这刊物上有创作也有翻译，编者像是学外国文学的。

心园有时来，看到他的写作，鼓励他写下去。有一回说，"你也可以投投稿试试"。他没说发表了可以有稿费。青年A也不知道。他只知道出书可以卖钱，古时人可以写寿序或墓志铭卖钱，不知道报上文章也有报酬。偶然有文章末尾括弧中注"却酬"，他不懂。《小说月报》上的小说末尾有时有个括弧中注的"保留"或"留"，他一直莫名其妙。多年以后才知道那是"保留版权"。每本书后面都有"版权所有翻印必究"。鲁迅的小说集后面贴一小块纸，上有鲁迅的图章，也是标明版权。那时北平书摊上翻版书很多，很便宜，不管什么版权，还没见报上说打过官司，所以他不知道。

他在小学时就学写过新诗，还被教员选中一首抄在"壁报"上。那诗题是《荷花》，是看了冰心的《春水》《繁星》以后模仿的。旧诗向人学过，新诗是无师自通的。他这时写的诗、文、小说、短剧等什么形式都有，自觉都不合规格，不像模仿，也不像创作。心园说："你得模仿报纸杂志上的体裁才行，哪有你那样写法？"

他注意考察了一些"报屁股"（副刊）以后，想起抄一篇投去，看看自己写的字能不能变成铅印的。他抄出一篇翻译的短诗，用毛笔工整地一笔一画抄在格子纸上，还怕排字工人不认识。投稿的方向他选中了北平《益世报》上那两位大学生编的周刊。别处编辑怕不会看他这无名小卒的稿子，白白做了字纸篓里的冤魂。

他的这首译诗是从世界语译出的，是沈雁冰在《小说月报》上提倡过的弱小民族的文学作品。原作是波兰诗人的吧？题为《梦景》：

谷上不息的雪风
尽在吹啸。
火焰在我的炉中
绕我飞爆。

在炉边，从烟斗里，
烟环逝去。
和它一齐飞走了
我的回忆。

黄金的青春和希望
今在何方？
已如吹啸着的风，
飞去茫茫！

无目的的风和我，
共烟三个；
无目的地在世间飞吧，
三个一伙！

　　他觉得这诗配合这时的他，好像是自己作的一样。随便署上一个名字，附上地址，寄了出去。
　　稿寄去几星期，居然登出来了。他看见自己的毛笔字变成了铅印的字，很高兴。过一天又收到了那位编者"病高"的一封信，告诉他译诗已发表，希望他以后还寄稿，并且可以到白庙胡同师大宿舍去找他。

过几天,他没和心园商量,晚间从西单向北走到白庙胡同。师范大学宿舍不止一处,这里的男生宿舍是一所旧房子。他见到了那位编者。他身材不高,也不像有病,"高"大概是"清高"之意吧?

病高对他很客气。说明他和一位清华学生合编这小刊物,只有几块钱编辑费。清华学生不要,他以此补助生活费。报纸另外没稿费,所以只好自己多写。很抱歉,刊登他的译诗没有什么报酬。他没说这是很少投稿更少选用中的一篇。

青年A并未想到要报酬。他是来见识一下师大宿舍和师大学生和作家兼编辑的。谈了一会儿,结交做朋友。他觉得大学四年级学生中有人是有才能、有学问的。

这以后他并未再投稿,和病高也没再见面。不久,副刊变样,那两位编者都毕业了。

心园后来把他写的那些东西都拿去了。心园毕业后曾经当过什么报纸的副刊编辑。常常缺稿子,就从这几大本账簿中找点凑上,补空白,随意改变一个署名,每篇不同。究竟发表了一些什么,作者自己都不清楚。他有些见不得人的习作没有写在这本子上,幸而免了出丑。

来了半年,青年A对于周围环境稍稍熟悉,看了一些书,认识了一些人,听到了一些书中没有的奇事。他一无所成,什么也没有学会。对他的学习有过指点的只有给他讲过英文和世界语的两位"家庭大学"的教师。

寒冬之中他又有了可以算作老师的关心他的学习的人。这人是广东人,也是个世界语者,因此得以认识。他姓杨,自己照广东音拼成"杨克",青年A便称他为"杨克同志"。以后他从世界语翻译过《柴门霍甫传》,巴金给他出版。

杨克来北平，说是为了准备去法国。他的私人事情，青年 A 从未问过，只听他常用世界语说："我那些坏朋友啊！我离不开他们，可是他们和学问是不沾边的。"他也住在一家公寓里，天天说"要走了"，却一直住在那里。哪天能去法国，也没有确定。青年 A 每去见他，他必邀去市场吃饭，他却又直嚷自己是"一文不名"。

"我介绍你去认识另一位世界语者。他还在上大学，快毕业了。他是谁，以后再告诉你。"有一次杨克这样对青年 A 说；随即雇了两辆人力车，一同去天主教会办的辅仁大学。

这是一所新式楼房，又加上飞檐和琉璃瓦，好像一个外国人穿西服戴瓜皮帽。进门上台阶，俨然有教堂的派头。门口也无阻拦，传达室只告诉去宿舍怎么走。这宿舍可比师大的强多了。高大洁白而且外有走廊。

找的这位世界语同志姓名西化后拼起来成为"吴山"，于是青年 A 称他为"吴山同志"。他有不止一个姓名。

杨克介绍见面后，三人先用世界语讲了几句寒暄话，接着便谈起他的学校，改用中国话。

"这里不招收女生，所以叫作'辅仁寺'。你们看像不像一座大庙；实在是个修道院。"

青年 A 想这次可有机会了解教会大学了。知道吴山是念英文系，便问是不是外国人教，只讲英文。

"是的，尽念老古董。天主教是讲究背诵的，不要有什么新意见，只要证明万世长存的不变真理。一切无非是不变的变化。新事物证明旧道理。《圣经·传道书》中早已说了：'日光之下并无新事。'这就是我们要学的。听说天主教办的教英文、法文的圣心女学里，'嬷嬷'（女教士）连历史、地理什么都要求学生背熟，不管懂不懂。问题是提不得的。"

"学英文不用中文吧?"

"当然。这对我倒方便。用英文再用中文,我就更为难了。可是我们的系主任这位老先生却不同。他讲英国文学史用中国话讲,却要求学生用英文记笔记。这是当场翻译。他还不时要查笔记,——阅后签名。我听中文还可以,再要写成英文,多一道手续。别的课用英文讲,用英文记,没有什么困难。"

青年A听了有点疑问。当场翻译是困难,但他的口气是英文不难中文难,这是怎么回事?吴山讲这些话是中文和世界语夹杂的。世界语说得很清楚,不会听错。夹的几个英文字也容易懂。可是中国北方话讲得比那个广东人杨克还差,听不出是什么地方人。他说家在上海,却没有上海口音。

吴山请他们吃水果,亲自削苹果。临分别时很热情地欢迎他们常去,说他已快毕业,要写英文论文,不上什么课,到宿舍去找他多半不会扑空。最后补上一句:"我在这里一个朋友也没有啊!"这句话是用世界语讲的。

离开"辅仁寺"后,杨克又请A去吃饭。A便提出自己的疑问,又问是不是听错了。

杨克笑了笑说:"我先没有告诉你,现在可以讲了。他不是中国人,是朝鲜人。是一位著名烈士的后代吧?我怕你先知道了,谈话不方便,所以没告诉。他全家是隐姓埋名住在中国的。这里有不少他的同乡,却同他家不是一路人;所以他在学校里外都只算中国上海人。"杨克没有说明自己怎么会知道的,A也没有问,不过在心中对这两位的评价大大提高了。这绝不是杨克说的"坏朋友",而是好朋友。他介绍时用的正是这个词。

下次又见面时,青年A见他们两位都说北方普通话不流利,便先问杨克是用什么语言思想。

"广东话。"杨克大笑。

"你讲北方话和讲世界语哪样容易些？"

"一个样。"

"你呢？"又问吴山。

"讲世界语容易些。"吴山认为杨克早已对 A 说明底细了。

"那么我建议我们改讲世界语，这对我们都是一样的外国话。讲北方话只有我还凑合，讲世界语只有我感到困难，应当少数服从多数。民主原则。"

"同意。"杨克和吴山齐声说。大家都笑了。

从此他们便成了只互相说世界语的世界语者。连杨克和 A 见面也多半只讲世界语。在饭馆里，在街上，在公寓，都一样。本来 A 和张、蔡等世界语同志说过几句，所以提议，作为练习；不料讲来讲去讲得油嘴滑舌，连开玩笑都用世界语了。有些话用中文不便出口的，用世界语倒能讲出来。用世界语讲的话有时好比用古文的典故、成语，表达和暗示更加方便。不管说得对不对，好不好，反正对谁也不是本国话。说错了不要紧，每人都有错。这可比讲别的外国话有利多了。

渐渐地，他们很熟了。虽不常见，见面就谈个不休。青年 A 这时慢慢明白，世界语原来是有个理想的。有共同理想的同志和单是讲一种理想语言的同志是不同的。仅仅把语言作为一种工具或手段的又不一样。三人一见如故是杨克认为有共同的理想。这是什么，谁也没说出来。究竟是不是思想上有共同之处，并未讨论过，好像是"心照不宣"，不需要商标、招牌的。

青年 A 从此又明白了，无论中文、外文、古文、白话都是语言工具；然而用某一工具又和用另一工具有区别，有点像斧头和锯子。他自以为懂了为什么有的古诗译不成白话，外国诗译不成中国诗。不是译不出来，是译出来总不一样。不过对这一点怎么作科学解释，他还不知道。他们谈过柴门霍甫译《哈姆莱特》中名句时为什么把"这就是问题"改成"就这样站着问题"。不是为凑音节,而是因为英文后面这个动词变了形态,和前面那两个不同,而世界语的动词词干不变形,若照用便成为三个同形的词了。这一改,反而生动了。可是英文又不能照这样说。杨克还举个例子说,有两人用法文谈话。当讨论到进化论问题时,一人忽然声明要改用英文,因为他研究这一方面用的是英文,如用法文谈还得心中无形译一遍,不如用英文直接。可见各种语言不是简单的对等的工具。广东话和北京话也是这样。也许这是世界语者的偏见。

有一次天阴欲雪,青年 A 去杨克的公寓。

"你这样不行。这里室内室外温度差别很大,你出来进去都是一件棉袍,没有大衣,所以你咳嗽不止。我这里有人送我一件新毛衣,我用不着,送你穿吧。这是纯羊毛的,很暖和。这样,你就可以把棉袍子当大衣,进门脱去,出门再穿上了。"他拿出一件很厚的白色带高领的毛衣,并让他脱了袍子穿上试试。

"我家里寄来一件皮袍子,太重。我不大穿。"

"那不一样。无论穿什么袍子,你里面那件毛衣又薄,又不是新的,进门脱去袍子还是冷。这件大些,可以套在那件外面,是可以当外衣的。有两件毛衣,在屋里可以不穿袍子了。这毛衣是我那些'坏朋友'送我的。'坏朋友'也可以有好朋友的作用。你看我身上这件毛衣,比它还好。我用不着它,你拿去吧。不是把不要的送你,是把新的送你。"

青年 A 已经知道杨克的为人,便收下了。这对他第一次度过北方的寒冬有了帮助,也许对他的咳嗽减轻起了好作用。至于那件皮袍子,到春天,他送去当铺里比他还高的柜台上,当了三块钱。过了不到一年,要四块多钱才能赎出来。他没钱赎,当"死"了。

又一次杨克对他说：

"这回我真的快走了。对你想讲一句临别赠言。你要确定学一样什么。总要有专门；不能总是什么都学，没有专攻。至于做什么，我看你做什么都好，学什么都可以学好，只是要学一样。现在若一定要我讲意见，我看你可以先当著作家，这是不用资格只凭本领的。当一个著作家吧。在中国也许不能够吃饭，但也算是一门不成职业的职业，自由职业。我比你大几岁，阅历多些，希望你考虑。"

十三　幻想新村

一个高高个子的青年站在青年 A 的房门口，轻轻敲了几下门。门开了。门外人说：

"我姓张。还记得吧？"

"记得。进来坐吧。屋里没生火，很冷。我来叫伙计生火。昨夜端炉子出门我就上床。暖气都从窗户纸里逃跑了。"

"你白天不生炉子？这么晚了才叫伙计生火。"

"我天天这时候早出去了。我是到图书馆过冬的，晚上生一次炉子。今天我不打算出门，要生火的。你来得正好。"他真的叫伙计生火。

"那大晚上几个人里，只有你讲的话我听出点味道；所以问你住处，今天就来了。你不嫌我冒昧吧？"

"哪里的话？你怎么这么客气？我这人是不会客气的。"

这时青年 A 已经又认识了一些人。从吉林人心园认识了一个黑龙江人，又认识了一个辽宁人，随后又认识了不是东北人而在哈尔滨上过中学的人。这位姓张的青年是山东人，在哈尔滨读过中学，又来北京考大学。不过他还得在弘达学院度过高中最后一年，暑假才能考大学。现在还是中学生。年纪和 A 一样大。几天前一个晚上，就是这样的几个人在一个公寓里聚会谈天。他两人由此认识。

"你觉得那个老陈怎么样?"客人问。

"什么怎么样?他这个人很可佩服,很有志气,有魄力,不过我怀疑他的事业能不能成功。"

"为什么?"

"他到绥远(内蒙古)去垦荒,仗的是西北军的保护。西北军就是冯玉祥的。这个人当大兵出身,能干掉吴'秀才'(佩孚),可是没敌过张作霖、段祺瑞;又同阎锡山、汪精卫搭伙反蒋,可见政治上还不够老练。这个人是有大志向的人,也可以说是有野心吧?他有些做法是别的军阀没有的。现在他正在礼贤下士,也就是招兵买马。但是据我猜想,他的政治前途还未定,政治眼光不怎么样,他的手下也未必靠得住,他'将兵'和'将将'的方式太陈旧,古老。要做刘邦,还缺张良、陈平、萧何、韩信。西北军一起变化,你想老陈那个农垦队或什么团能存在下去吗?若是他做了官,那也就完了。他这个人现在还不错,学生气太足了些,江湖气还不十分足。我很佩服他,但不相信他单枪匹马能成功。若是他另有我们所不知道的秘密,那就又当别论了。所以那天晚上我讲的送行的话跟别人的不大一样,被你注意到了。"

"我还没见过像你这样会分析的。我在这里没有什么真正知心朋友。我们交个朋友吧。你同意不同意?"

"现在不已经是朋友了吗?"青年 A 笑了。

两人成为朋友。但是两人的性格很不一样。张是好动的,喜欢玩,喜欢人多,不甘寂寞。他喜欢 A 的谈话,但不喜欢他的不活动,想改变他。

"你太不活动了。你缺乏娱乐。你这样下去,身体要更坏。'健全之精神寓于健全之身体'。我的中学老师特别教过这句话,不知是谁说的。你跟我锻炼锻炼吧。你连电影都不看,真是太'那个'了。"张说。

"不是不看,是没钱,看不起。我只在来到时有人请看过一次。只见人物活动,老是有字幕打断,没看懂。我太土气了。你怎么不嫌我土气?"

"你土气?"张开心大笑,"你土气?我就是喜欢你的土气。我想学你的土气。我这人怎么也坐不住。你那图书馆我也去过。要天天都坐冷板凳,我可做不到。我们两人应当互相学习,对不对?来,我教你吹口琴。"张从口袋里取出口琴,用手帕抹了抹,吹出一支曲子。一边吹,一边点头打拍子,又站起来走着吹,全身都有节奏地活动。全屋子从来没有过这样的勃勃生气。连小煤炉上的蓝色火焰也真像在跳舞了。

"怎么样?我教你,一个星期包学会。你不必买口琴。我这只不能给你用。两人用一个,不卫生。我还有一只用过的,一样好。用冷开水洗洗,用酒精消消毒,送给你。你学会了,包管对精神身体都有好处。"

"我没有音乐才能。学吹箫吹不响。拉胡琴不会调弦,拉不成音。弹月琴勉强会二黄和西皮的一个过门,还有'小开门',再学不会别的了。只会按小风琴,那不能随身带。乐曲只记得《梅化三弄》。"他没说小时学的《葡萄仙子》等以及《国际歌》。

张大为惊奇。

"你还说不会音乐?我当你没听过音乐、没摸过乐器呢。你还真学过不少。哪里人人有音乐天才?不过是消愁解闷,不对,是一种艺术享受。只要会,管它好不好。又不当音乐家,开音乐会。我一定教,你准能学会。不过你也得教我一样,来个交换。你会世界语,教我世界语吧。听说很容易。不要推辞,一言为定。下星期日我给你带那只口琴来。"

张尽管热心又有信心，又拿来口琴和曲谱，Ａ仍然没有学会。好容易吹出一句，又接不下去了。调不好呼气吸气，费劲还吹不对。张学世界语也没有耐心。照一本盛国成编的《世界语全程》学，自认为学会了，还能讲几句，但不耐烦查字典看书。

"世界语就学到这里吧。我要加紧补习英文。考大学不考世界语，考英文。我说，你为什么不考大学？"

"没文凭，也没本事。"

"弘达学院还招生，上最后一学期就有文凭。转学证书我给你想法找人去办。好不好？一学期就行。四十二元学杂费。现在还来得及。"

"我出不起学费。"

张沉默了半天。

"这我可没法帮助你。我父亲给我按月寄二十五元，学费在外，有需要可以另外要求。考上北大以后给每月三十元。那时我可以富裕些。现在我也是个穷学生。不过进北大不花钱。你一定进得去。不要灰心。奋斗吧。不是有人说过'奋斗就是生活'吗？我到北平来就是为考进北大。一年考不取，考两年，三年，非进北大不可。别的什么学校也不考。这就是我奋斗的目标。"张说完停了一下。

"为什么？"青年Ａ问。

"为什么？你不知道各学校各有特色吗？规规矩矩的学校是清华，门门功课一样紧，学完了总能出国，得了博士回来干什么都行。清华同学会有的是力量。本来是留美预备学校啊。我进不了，也不想进，我不能那么正规。教会大学贵，又各有一股教会气，功课死板，我受不了。师大松些，是穷学生的学校，有句话叫'北大老，师大穷'。你别管这句话的别的含义。我不想当教员，不进师大。北平大学的那些学院全是专门性的，农、工、医、法，还有俄文法商、女子文理，另外还有个铁道管理，这些学院都培养专门人才。只不知女子为什么要单办一个，专培养妇女人才？那些职业我全干不了。学法学院出来能当法官、律师、做官，我更不行。还有个中法大学考法文，毕业派去法国。我不会法文。另外，这些私立大学没一个好的。他们有特点就是学生革命的多。什么党派全有。功课松，课外活动就多了。私立大学也有好教授，有的名气大得很，但都是兼职的，不兼职的也另有什么事，没有一个专心教书的。学生有特好的，那不是学校教出来的。只有一个北京大学是个特别的学校，听说是蔡元培办出来的，叫作'兼容并包'。这些大学所有的特点，北大全包了，要什么，有什么。愿意干哪样都行，都有机会，只看你自己，学校一概不管。求学也好，革命也好，拉关系做官也好，从事教育办中学当教员也好，考出国留学也好，混文凭也好，总之，不管真上学，假上学，北大都容得下。这叫作'此北大之所以为大也'。不过最近有个传说是，南京教育部对北大现状很不满意，说是教育部长蒋梦麟要来当校长，要大加整顿，照清华规格办。蒋是清华官费留美学生吧？这话很可信。所以我要趁这位大人没来之前赶快考进北大，不等北大取消'并包'变成'独霸'就进去。现在要加紧补英文。我进文学院，数学分数及格就行。第一需要是英文。开学了，我不能总来找你了。你英文帮不了我，国文也帮不上忙，你不懂考试另有一套，不是考你那一套。我劝你还是准备考学，考北大，别处不用考。我真心希望和你同学，同住一间宿舍，将来一同做事。"

张说得眉飞色舞，手舞足蹈，两眼放光，把他所知道的全告诉了青年 A。这时 A 才如梦初醒，明白了自己念书和考大学是"南辕北辙"。

张又告诉他一点考学的秘密：

"各大学各自招生，各自出题算分；有时考期故意冲突，让你只能选定一个学校，免得好学生考上了几个大学，有的大学不去，白招了。考试算分数也不同。比方说，清华要全面的，要基础。零分卷各大学都不取。数学不行，考清华文科也不成，除非特别又特别。有个学生初等（初中）数学还可以，高等（高中）数学不行，英文、中文特棒。先一算初等数学加英文、国文，分数很高，该取了；再一查高等数学不行。应得零分，看卷的教授开恩打了两分。这怎么办？偏偏他报考的是最高、最难又报考好学生最多的电机系。找到系主任，特别通融，因为英文、国文都是九十八分，若不有意扣分就都是满分。连工学院院长也舍不得放。看初等数学还有八十分以上，证明基础还可以，破例取了，但要读五年，四年加一年。第一年加补数学，有的课不准上。考北大就没有这些麻烦，是单科特算的。有一次一个学生考文学院，英文得了满分一百，其他课分数也不错。英文卷子是英文系一位兼通英法德文的教授看的。他特别得意收了这个特殊学生。可是入学后在英文系新生中没找到那个学生。哪里去了？找来找去，文学院不见，不知哪里去了。是考进了文学院，入学就转系，转到法学院去了。因为转理学院要查数学分数，他又不是考理化而是考史地，所以只能转法学院，算分法相同。出了这件怪事，那位教授莫名其妙，叹惜几声也就算了。这就是北大之大。那年的英文题只有三道。第三道是中译英，是将杜甫的《茅屋为秋风所破歌》译成英文，散文、韵文均可。这道题出成国文题译白话也够呛。没几个答得好的。居然这份卷子译的英文散文很不错，单凭这一题就够打一百分。那位教授正想借此吹嘘一番他怎么'巨眼识英才'，收为门生。不料这个学生不肯拜门。有人说，他英文这么好，何必还进英文系？这是自然之理。后来我打听出了内幕。那是师大英文系一个毕业生译的。那人为了帮助这位考大学的朋友，把自己译过的几篇诗文借他参考。他念熟了。不料'瞎猫碰上死老鼠',居然有这一题,就默写上去了。一知道得了满分就慌忙转系,怕露了底。他英文也不错,但得不了满分。真得满分的是准备当莎士比亚专家要花二十年翻译莎剧的,不是他。又比如师大吧。每年国文题总有一段《世说新语》,要求标点并译成白话。听说这是钱玄同教授出的。还有文法题。据说是师大学生要当教员,不懂文法怎么教学生?考师大就必须熟读黎锦熙教授的《国语文法》和杨树达教授的《高等国文法》。这些书考北大、清华用不着准备。所以考学也有门道。"

张的这些话使青年A佩服得"五体投地",大长见识。

青年A又认识一个辽宁学生,姓赵,也是一心一意去考北大,决不考别的学校的。

赵也住公寓,桌上总放着一本英文大书。青年A去看他时,见到桌上那本书是托尔斯泰的《战争与和平》英译本。

青年A对这两位"北大迷"很佩服,却不料等到暑假以后两人都"名落孙山",全卡在英文上。

但在没考试的前半年中,张还是兴高采烈,自认为必能考上。因此他不大重视考试,还到处活动。他对青年A仍然有浓厚兴趣,认为这是可以做他的最好朋友的。

"你总是这样两点连成一线,来回在公寓和图书馆之间,太没生气了。不像一个青年。我出个主意。我教你学骑自行车。学会了就可以跟我一起骑车到处跑了。我可以带你去香山碧云寺。没去过吧?"

"没去过。碧云寺有孙中山的衣冠冢吧?"

"你没去倒知道。我只看见一副玻璃棺材停在那里,是空的,说是水晶的。百闻不如一见,你快学自行车,我包教。"

"我哪有钱买自行车?"

"唉！你太'孤陋寡闻'了。你不用买。我骑的就是买的旧车。父亲给的买车费不够买英国三枪牌。我认识一个修车铺，那里有旧自行车，可以出租，一角钱一天。我介绍你去，不用找保交押金了。这样，一角钱就可以游香山了。游山不用买门票。"

张坚持拉青年A去一个广场学自行车。把他放在自己车上，扶着走，教他扶把，蹬车。一趟一趟教会了，就在身后扶着后面的车架子推他走，说："你只管扶着把子蹬车，不要怕，我推着你。"这样推了几圈。青年A觉得平衡了，放心蹬车前进，不料忽然听见身后远处一声大笑，嚷："学会了！学会了！"原来张早已放下手让他自己骑了。他一慌张，连人带车倒在地上。不过比起学口琴失败，学车总算成功了。

"以后你就自己练习吧。我教你捏闸。应当是这样捏，捏后闸，不要单捏前闸，紧急时两个一齐捏。我这旧车没闸，我也没安装新的，用脚闸。前面的挡泥板卸掉了，下坡时抬起一只脚轻蹬前轮，就慢了；平地可以停住。可千万不能骑快，那样同单捏前闸一样会翻过去的。我不用车时你可以骑我的。要慢骑，不要轻易用脚闸。我不怕，可是你得小心。我过几天去安装一个闸。好了，你自己再练习练习，不要怕摔倒。还有上车，你腿没我的长，从后面上还困难。现在这边有块石头，你一脚站在石头上，骑好了，一蹬就开动。还有下车，我扶着，你这样飞腿下。飞不起腿就左脚先点地，再飞腿，不过那有危险。我给你示范。"

这位骑车老师热心又细心，居然把他教会了。可是车又没闸，又没铃，不能飞腿上，只有花一角钱租了个"二六"的带闸的女车，由张"保驾"上街试试。那时自行车还不很多，汽车更少，电车是有轨的，人力车不快，上街危险少。但后来有一次青年A骑车走马路中间，一下子车轮卡进了电车轨道缝，几乎把他摔了下来，幸而前后没电车。又有一次，他大胆从北海和中南海之间的金鳌玉蛛桥上骑车下陡坡来，脚闸蹬不好，一直冲到团城前急转弯，几乎摔倒，从此他不敢骑车上下桥了。他还在小胡同里碰倒过一位老太太，没伤。老太太直说"没事，没事，你走吧"。他看那是一个穷人，便把身上仅有的一块钱给了她。

无论如何，自行车总算会骑了，必要时可以远行了。

张得到这一大成功，非常满意。不过他学世界语虽算是学了一个"全程"，却没有多大进展。他忙的还是英文。

两人越来越熟，终于张对青年A说出了自己的苦恼。

"我有个难题，没人可谈。现在我想请你参谋一下。我念书安不下心来还有个缘故。我有两个女朋友，是两姊妹。我喜欢两个，两个都对我好。一个比我大一岁，一个比我小一岁。我更喜欢小的。她长得个子高，聪明些。可是大的对我更好，忠厚些。我不知道怎么办，想起来就烦恼。她们也在上中学，一个今年毕业，一个明年。寒假中来过这里，现在回去上学了。你看怎么办才好？"

"那有什么？你不是两个都喜欢吗？那就喜欢两个得了。她两个都喜欢你，那是她们的事。既是姊妹，不必互相妒忌，三人都可以成为好友。"

"你胡说什么？你是现代青年吗？教我一夫多妻！"张生气了，以为A在同他开玩笑。又说："我把严肃的问题对你谈，你同我开玩笑，算得了朋友吗？"

青年A见他误会了，忙说："我是给你严肃的答复，不是开玩笑。你说的喜欢不喜欢，不是感情的事吗？感情是不能勉强的。何必硬要爱一个又恨一个，亲近一个又疏远一个呢？何必使你们中有一个人伤心呢？你们都在上中学，还谈不到婚姻问题，有什么'一夫多妻'？你想到哪里去了？到需要谈结婚时，我想就分出上下了，她们也不会永远都一样对待你的。听其自然,这就是我的意见。你脑袋里只有夫妻,听不懂我的话。"

"你对恋爱是个十足的外行。我说的不是交朋友,是谈恋爱。青年男女谈恋爱总离不开婚姻问题。她们中学一上完,家里就会要她们结婚,不会让上大学的。这是火烧眉毛的问题啊!姐姐着急得很。寒假她们来就是为了要我确定一下,好对家里表明,不要找媒人了。估计她们家里没大问题。不过我父亲不会同意我在大学毕业以前结婚,只宣布订婚大概没问题。"

"原来是这样。我这个参谋不好当了。明摆着是姐姐的问题,可你偏爱妹妹,对不对?我猜到了吧?"

"你真有点鬼聪明。你说有什么办法?我再不表明态度不行了。解决了,我才好安心念书,备考。她们老在我眼前,怎么念书?"

"这样的三角恋爱!三人当面谈过吗?"

"你又说外行话了。这种事怎么能三个人开会讨论?"

"我出不了主意。我在书本上没见过你这样事先考虑的。都是自然发展,产生悲剧或则喜剧。要么就是男的当维特,或是当负心汉,或则双双情死,日本话用的汉字叫'心中'。也可能一个放弃,一个团圆。要结婚,只能是有喜有悲的结局,不能三全其美。单讲恋爱,那倒不一定,也许能皆大欢喜。"

"胡说八道。书呆子!你怎么这么冷冰冰的?将来罚你三角、四角、多角恋爱,看你怎么办,叫你尝尝滋味。"

"我怕没那个福气。我觉得,你其实已经解决了,何必还来问我?"

不想一句话说中了。

"你真是个鬼灵精!你怎么猜出来的?我收到'最后通牒'了。那姐姐给我来信了。说是怪她家里,实际是怪我。说是叫我快快采取行动,实际是无可挽回了。我自觉有点对不起她。她们寒假以看望亲戚为名来,本是对我满怀希望的。"

"那妹妹呢?"

"没来信。这等于来信。她姐姐来信,她会知道的。所以什么三角?我现在是唱独角戏了。实话对你说完了。你判决吧。"

"那有什么可说的?你感情上受得了吗?"

"我失眠了一晚,今天来同你一谈,好像好些了。我只怕这样会误了考试。你说我该怎么回信?"

"我不知道。我没经验。不过我劝你早回信,两姊妹一人一封,同时发。"

"又说傻话了。我再想想吧。"

张走了。青年A倒有点不安。这是个真心实意的朋友,一向乐观,不知道忧愁。遇到这样的事还来找他出主意,可见是个大孩子。不会有"心中"之类问题的。想来也不会像心园那样,没有多少信要他代烧。

恰好青年B来看他。他便不提姓名和人,把这故事对他说了一遍。青年B哈哈大笑,笑不可仰,笑得停止不下来。

"怎么回事?"

"这有什么新鲜?我给你回讲一个故事。有两个青年教员爱上不是他们教的一个女生,互不知道。都给那女生写信,都收到回信,约日期去公园见面谈。到时候两个男的会面了——"

"女的没去。这是老故事。"

"不对。女的随后出现了,拉住两人的手说,'我们都是好朋友'。唱起歌来了。你想想这场面。比你说的如何?"

"你拿老故事骗我。旧小说里不止一处有,《红楼梦》里也有。"

"我说的不是小说,是事实,新发生不久的一件事。我也是新听来的。我问你,你猜这女孩子有多大?"

"中学生吧?十七八岁。"

"错了。小学六年级,十四岁刚满。"

"你什么时候学会编造故事的?"

"我学不会编造。不过我不能告诉你那是什么人。"

"你不说我也猜得到。我不想猜,也不想知道是什么人,不过想知道结果。"

"结果还能有别的?学生毕业升学了。结束。所以你的故事也是这样。姊妹各自结婚,你那朋友幻想一场,自寻烦恼。"

张又来时,果然说是都吹了。又掏出口琴来吹,仍是欢乐的调子。

"难过几天,也许想起来会难过一辈子。不过现在好了。无可挽回,我可以静下心来念英文,做数学题了。还是考学要紧。反正现在不能结婚。"张说。但没说他写了信又收了信没有,A也没问。

"你真是乐观派。我佩服你。我不喜欢那种哭哭啼啼的。"青年A说,但心中想到有个啼哭的人他也同情过。

"我就等你这句话。我只怕你不肯认我做朋友。现在我一个人寂寞死了。在屋里对着四面墙。我向你提议,搬到我那里去。我那里房子比你的大,本有两张床。我一个人也是一样出房租,加一个人房东也不能多要钱,因为本来我说的是两个人。"说到这里,他略停一下,又说:"你搬去,房钱仍由我负担,不要你分担。伙食费和这里一样吧?也许多一块钱,但比你这里好些。怎么样?答应我吧!我求求你了。"

"怎么?你失去了女朋友,来找我同居了?那可不行!"青年A故意讲笑话激他。

"真是求求你。你说什么都行。我需要有个朋友,才能好好念书。那两个女朋友,不是朋友。怪不得人说男女之间不能交朋友。我要的是真朋友,是知心朋友;不要女的了。我们可以一同念英文,念世界语。啊,对了,我还找到了学英文的不花钱的地方,跟外国人学。我要个同伴。你同意吧?不单这个,我还有远大计划,这也需要你。你是我的命运的主宰,快给我肯定答复吧。许多事等我们住在一起时,我推心置腹全都告诉你,什么也不漏。快说,好不好?"

"你把情书背给我听,别忘了我是男子汉。"A 笑着说。

"求求你别讲笑话了。我不要爱情了。我要友谊,真正的友谊。"

青年 A 见他着急的样子,深知这个乐观派心直口快,不会绕弯子,不便再讲笑话,便答应了,只说:"那你让我占了便宜,免了房钱。这可是你说的。我穷,但还可以出一半。"

"谢天谢地。不要改悔。现在——来不及了,明天就搬。我先回去收拾一下,同房东讲好,明天上午我来。岂止房钱,连早点我也可以每天请你。你若不愿意,也不勉强。我一切听你的,只要你大驾光临。"说完话,张转身就走,好像怕对方变卦。

张本来住的是双人房,也没撤另一张床。他幻想那姊妹俩会来一个,不料来了两个,都不能住下。现在一个也没有了。房东本以为是给女的准备的,看这个房客天天喜洋洋地吹口琴,哪知搬来了一个男的。

张向青年 A 说出了他的远大计划。

他是山东黄县人。父亲在东北做生意。他想在家乡办一个农场和工厂。他父亲答应在他大学毕业以后给他一笔钱。他不想做生意,也不想教书,没有什么职业可选,不能当医生或工程师,也不打算留学,就想回老家去干一番事业。为此,他需要邀些朋友一同干。可是他的较熟的朋友都认为这是空想。没有一个愿意到那偏僻的地方办什么靠不住的事业。一个老陈想办农垦,却自己到西北去了。

"黄县靠海,在蓬莱旁边,在山东算是富庶的地方,很有发展前途。找块空地很容易。我想这个不止一天了。我父亲点头，但坚持要我念完大学。"

"我不认为这是空想。不过你父亲给的钱要算作贷款，将来还他。不能让他当大老板，资本家，地主。"

"对。我们自己干，不听他的，不受人支配。"

"你那里有山吗？"

"是平原，不过也有点山，也许只算是丘陵。"

"我想，你办工厂，原料得出在本地。农场不要种普通庄稼去和农民争利，要种点原料作物。有山可以种果树。草地可以放羊，办牧场。若在海边还可以利用海洋。工厂以外还得经营商业。要不然，工厂出的货往哪里去卖？要被卡住。所以必须农工商合一，不能单干一头。还得注意交通，最好能利用海上通道。"

"对极了。不想你还懂经济学。"

"还得办学校，从小学办起，至少办到中学。要不然，职工的孩子到哪里去上学？他们不会安心的。而且，事业发展了，要有更多的人，从哪里来？从外面招不如自己培养。还得办个小报，对外对内通通声气。这是一套，残缺不全就得依靠人。当然这要一步一步来，可是先得胸有全局。"

"你还真有一套。从哪里学来的？这比老陈那个垦殖计划差不多少。"

"不一样。他的计划靠军队，实际是个军垦计划。我们这个农工商学合一的设计图是靠自己的。这只有在偏僻而又交通方便的地方。黄县在海边，还没有军阀、官僚、政客、资本家注意到吧？当地的地头蛇怎么样？"

"有些地主绅士吧？在外经商的多。我不大清楚。这是开发本乡本土，规模不大，不抢他们的地盘，不鼓动革命，他们不会干涉。

我父亲是做买卖的,他们会认为这不过是做生意。我们先不过问政治,就不会引起注意。顶多他们要分点油水。不过我还得问你,你这一套是自己想出来的,还是书上有的?"

"这不是什么新鲜事。民国初年,孙中山就想在全国办这一套,写书鼓吹。他想依靠外国,忘了军阀,办不成。状元张季直(謇)在南通办过。不但办工厂、学校,还提倡戏曲,据说修了个'梅(兰芳)欧(阳予倩)阁'。华侨陈嘉庚在厦门也办过。不过他是从教育入手,工厂办在海外新加坡,报纸也在那里,学校却办在国内,向外送人才。那也是靠海。这是商品经济发展趋势。"青年A想起了两三年前从口到耳学的《ABC》,想起了吴从法国寄的那些东西,忽想起有重要的一点还没说出来,连忙补充:

"不过这一套事业的经营方法要改变现在旧的一套,要改用合作制。就是说,不能有资本家,要所有参加工作的人都入股,都有发言权。工厂、农场都是大家的,赚钱亏本也是大家的,不能一个人或少数人包下来。这是外国早就有的理想。丹麦实行了合作社,据说已有成绩。日本有人办过,叫'新村'。中国也有人做过实验,有各种名目。除丹麦的还在实验发展外,别处大都失败了。有种种失败原因,都不是出于事业计划本身。比如听说南京有个农场,头一年成功了,第二年许多人跑去吃它,破产了。还有人在南京办一所半农半读的师范,办起来,有十八个学生,被政府封门了,不准办。我想我们还是不妨试一试。最终也许由于什么外力会失败,但经营事业哪有不失败永远成功的?这一点是要点。你要办新村,我一定帮助你,办合作。我可不帮助你当资本家、农场主。"

"放心。你看我像个资本家吗?我若是想发财,早去跟我父亲做生意了。正因为我想上学,他才逼我一定要上完大学的。"

"那我们就首先两个人自己合作。你先考上北大。"

"你做什么？既然要合作，我劝你也考北大。文凭和钱是另一回事，总会有办法的。你国文、英文、史地全可以考上文科，差的只是数学。文科的数学题和理科的不同，容易得多。四道题，你只要答对一题，不得零分，就有希望。代数、几何题至少各有一道。答对两题可以及格。这是初等数学题，初中就学的。我劝你从现在起就补习数学。今年考，来不及，明年考。一年多的时间还不够吗？"张诚恳劝告。

学数学，青年A能学数学吗？

十四　寒山绿萼

为了理想，青年A真学起数学来了。

张温习数学，只是背诵公式，做习题。A却不断在公式和习题中生出幻想。因数分解，几何轨迹，三角函数，这些都是初等数学，高等数学是什么样的呢？微分和积分怎么学呢？微积分原文怎么是小石头和算盘珠呢？他想到北大数学系的赵，想起赵讲的毕达哥拉斯和勾股弦定理。赵谈数学是猜谜。他没有去找赵。相离太远。不止地理上远，数学程度也差得太远啊！

张虽则为了升学也埋头用功，但还是改不了好动的习惯。他去了一趟定县，访问平民教育促进会，回来对青年A大谈观感。他还对那里的一个小学教员感兴趣。那是有个小女孩的寡妇吧，也许是离婚的，不清楚。据张说是对张很热心招待，而且很佩服张。不用说张一定对那位教员吹嘘了自己的理想事业。她还带女儿来北平看望过张。青年A也见到，没看出什么出奇之处。

"我又发现新大陆了。这回一定得拉你去。你天天这样埋头苦干，身体要垮的。快跟我活动活动。"张进门就对A说，兴致特别高。

他是找到了一个华北工业改进社，主持人是姓卢的。这个社在山西办了些合作性质的工厂和农场吧，大概在河北也有。在北平有个训练的地方，主要是教山西等地来的人学会织羊毛呢子，然后送回去工作。

"我和卢先生谈妥了。明天去参观，并且可以在他那里学习一个月，是全程，但不是都得学会，能当工人，只要入了门就算。免费。我同卢谈了我们的理想新村。他很欢迎我们同他们合作。将来这个社和定县那个会我们都联系起来，互相支持。看来他们都是有外国人作后台的。明天你同我一起去，看好了，一同去学一个月。"张好像忘了他还得上四年大学，仿佛不久就去黄县，理想就可实现。

没等Ａ回答，张又补上两句，声音低了下来：

"我是说我和你都是北大学生，卢才肯接见谈话的。你可别泄了我们的底。"

"你怎么没问我就给我报了名？还要冒充。"

不等他说完，张立刻打断：

"什么冒充不冒充？我们又不图名，又不图利，又不伤害任何人，对北大没有一点不好。北大多我们两个校外学生，应当同意。反正我们总要进北大的。不这样说，谁肯理你？又不查证件，不必递交国书，算是候补学生吧。你别当迂夫子了。"

"这样究竟不好。"青年Ａ觉得做了一件错事。他幼年学的司马光等的故事又发生作用了。

"不管怎么说，明天下午同我一起去。我替你租自行车。"张决断地下结论。

第二天，不容Ａ分说，张拉他一同骑车去了。

那是一所旧式房子，几层院子，有些像是乡下农民的人在做工，东几个，西几个。里面的负责人接待了他们，说卢先生早已通知，有两位北大学生来参观，还要实习一个月。他带他们周游一巡，略略解说。

张不征求Ａ的意见，便一口约定，次日下午就来实习，每天下午一次，一个月经历全程，从选毛到织呢子。

青年Ａ无可奈何，同时也感兴趣。他和青年Ｂ一起来北平时便设想过做工；想到人力车拉不动，可以学排字，当印刷工人。现在学织呢子也是学当工人，了解一点实际的生产。这倒是个难得的机会。他佩服张真有活动能力。

从选羊毛开始，青年Ａ和张一同去学。头一课是在院子里，由一位工人给他们讲，然后他们实习。好在这里是训练的地方，不是生产的工厂，材料不怕弄坏了。这半天，工人讲得很少，主要是实习。两人这才知道了最好的羊毛是澳洲的美利奴羊毛。中国的，外国的，纤维的粗细、长短、色泽等，各种羊毛大不相同。不是什么毛都可以织呢子的，各有各的用场。要达到一望而知是什么毛，一摸就能定下用途，可真不容易。不过有了半天，也勉强分得出来几种羊毛和几种用途了。

这样，从选毛、洗毛、梳毛，一级一级学下去。每天下午去，一小时不够，差不多要半天。没有人详细讲，更没有人手把手教，也没有人监督和检查，只是有人指点一下，就同工人一起动手干。机器很少，主要是手工劳动。不用很大体力，也不是很复杂的技术，可是学起来仍然费力。每次回去都得上北大学生浴室去冲洗一次。那也是免费的，没有人管，都是些淋浴龙头。

青年Ａ学毛织好比张学世界语，一课一课学下去。说不会不是，说会也不是，是当时有些会了，懂了，还没熟就进行下一课；不能说是真会。这样像游山玩水一般一处一处走了半个多月，达到了最后阶段：纺和织。

青年Ａ小时见过纺纱，也学过捻麻线，以为不会太难，哪知实在不易。把羊毛条子纺成纱比把棉花条子纺纱、捻线难得多。羊毛根根都带有独立性，硬不肯互相围绕起来合作成一根纱线，却又彼此乱缠不肯分离。轮子一转，断了。转快也不是，转慢也不对。师父也无法教。看起来容易，做起来难。这又不需要运用数学物理公式，只要动手。忙了半天，疙疙瘩瘩一堆，纱线一段也不成样子。只好说声惭愧，次日再继续学。

终于纺出毛线来了，虽然是又粗又不匀，总算是成为纱线了。

张早就有点不耐烦了。他说他要考学，不能多误功课，而且天天租车太贵，走路又费时；所以重复的课就不去。他在屋里用功，把自行车让给Ａ骑。Ａ一个人坚持一天不断。

毛纱纺出来了，能连续不断，只是质量太差。若是用来织呢子，只怕会变成地毯。反正是从认识和选择羊毛起，经过一关又一关各道手续，使纷乱的羊毛变成各种的毛纱、毛线，青年Ａ都学了。不及格，也不是零分。他听着自己手中纺车的吱吱叫声仿佛听音乐。

最后一道工序是要上织布机了。

还得先学穿线。了解机子的构造和梭子、筘子的性能。青年Ａ这时才懂得布是怎么织出来的。这大概是有千年以上历史的土法吧？先上好各种构件，然后坐在那里用脚踏板子，看筘子上下，梭子来去。上的几层毛纱筘子各有不同次序，不能错。踏板子也有不同次序，不能错。这些一二三四或一三二四之类次序要记熟，做对。用力量大小也得均匀，脚踏板子要有节奏，像弹风琴似的。然后学梭子上断了线怎么接。一间大屋子里，一台一台小织布机供人实习。工人师傅只指点一下，做个样子，便走开了。屋子里机器声很大，还没十分听明白，师父已经走了。他有自己的活要干，不能陪这个外行徒弟。

在机旁坐下去时有点自豪感，仿佛真成了工人；一活动便不对了。不过这是机械运动，穿梭来去不会错，但节奏不对，还是出问题。

做对了，又会断线起疙瘩。赶快停车修，再重来。究竟是机器，所以焦头烂额仍然靠机械运动织出了一小段勉强可以称为呢子的东西。工人过来一看，说，行，就这样试下去。可是这两位自封的大学生已经紧张过度，精疲力竭，不得不请假早退了。使用机器好像不费力，真做活却是真费力的。

张说，全程已经学完，都明白了。他的数学题目拉下了一大堆要补，结束实习不去了。青年 A 仍然天天坚持骑张的车子去一下午。

他和别的工人不大讲话。那些工人讲的大约是山西土话，他也不大懂。工人看出他不是同类，也无话可谈。

慢慢地，他会了不熟练的技术，工作中便走神了。一会儿想到幼时学的"日月如梭"比喻恰当。一会儿想到数学公式分解，这织布机的组成既像代数的，又像几何的，活动起来大概就是高等数学了。一会儿又想到音乐、图画。他体脑并用两分家，工作成绩总是不好。

出了不知多少废品之后，青年 A 终于织成了两尺多长的一段人字呢。虽不十分好，但还像个样子。别的花样也会一点。这段人字呢给了他拿回去，仿佛是毕业文凭或则奖品。另外还有一本油印的各种花样的呢子的织法算是讲义，两人各一份。他们也没有谢师便走了。刚好一个月。A 始终未见到那个社的主持人。

张的活动力不小。为了几年后的理想，他当了平民教育促进会的热心参观者，华北工业改进社的热心实习者，但这两个会和社的历史上不会记录下这个"大学生"的事。

不止这些，张为了学英文还出些花样，而且很自然地要拉青年 A 作陪。他对 A 已经到了无话不谈，无事不想到拉 A 到一起的程度。他的所谓寂寞之感消失了，不提起了。也许他从来没有寂寞过。真是一个充满活力的人。

一个星期日早晨，张早早就起身，还把 A 从床上拉起来。说是今天有重要的事,先不告诉,去了就知道了。

两人马马虎虎吃了早点,也不骑车,搭电车到王府井,进了一个胡同,望见琉璃瓦笼罩的协和医院。刚到医院门前不远,张停住了。

"就到这里。咱们一同进去。你不要问话,千万别走,无论如何别破我的面子。看我的面子,只这一次。我求求你。回去你怎么骂我都可以;在这里别作声。"

青年 A 没到过这地方,被张连拉带推,表面上好像亲密朋友的样子,进了朝北的一个门,是金碧辉煌外中内洋的。门内一个大厅。厅里面一个大讲台,又像戏台。厅内排满了一行行长靠椅,中间留一条人行道,椅上散摆了一些大厚本子书。青年 A 不知道这是协和小礼堂,可以有各种用途,例如名人演讲和演戏。据说用英文演印度泰戈尔的戏就是在这里。还进行其他活动,主要是供外国人和他们的中国朋友用。

张带 A 到靠后的左边椅子边上坐下。A 拿起大书一看,原来是中英文都有的、有五线谱的《颂圣歌集》,一下子明白了。抬头一望,讲台或戏台正中后壁上是一幅耶稣上十字架的像。他是被张带进基督教教堂来了。他想起身走开。张一只手抓住他不放,他只好不动。想想,看看怎样做礼拜也好。

屋内已坐满了人,当然还有不少空隙。来的大都是外国人,中国人很少,穿长袍的更少;可能只 A 一个人,张穿的是学生装。到的人都很严肃,没有一点声音。男女老少全有。

台上不知何时上去一个外国人,讲了几句英文,A 没听清。全体站起来,A 只好跟着张站着。他右首隔一个空位置是一个外国老太婆,手里拿起了那本大书。他也顺手拿起自己身边的书。台上的主持人应当是一位牧师。他也手拿本书,想必是《圣经》。只听他捧着书念了几句,多半是《马太福音》第几章第几节之类。台下并不跟着念。然后牧师又说了几句，又做了个姿势，不知是不是给大家祝福。然后大风琴响了起来。台的侧面不但有大风琴，大概还有"唱诗班"。颂歌声起，旁座那位老太太也翻开书本唱。大家唱的都是英文。A只好充当"南郭先生"。他在家乡时曾从一个念教会中学的朋友那里知道"耶稣爱我我真知，圣经垂训铭如斯"几句，也会英文的，但这回唱的不是这个。张却翻开书本嘴唇动，仿佛他也会唱。唱完了，牧师又说了几句话，手一举，然后一片声响，大约是"阿门"。A以为完了，哪知这是个仪式，正文还在后面。唱"圣诗"不过是仪式开始。这时大家坐下，台上牧师大声宣告："现在请周游世界并名闻世界的艾迪博士讲道。"这句英文A完全听懂了。他记起报上最近登过有个什么艾迪博士来。于是他洗耳恭听这位神学博士如何讲道。

一位年纪看来不大身穿整洁西服的外国人缓步登台走到中间。头一句称呼他没听清，不知是"兄弟姊妹们"还是别的什么。接着，这位博士宣布今天讲道的题目是"爱，够了吗？"。英文只有三个词，是一句问话，还有点谐音；若是照字译成中文，成为"爱够了吗？"，意思走了。A一揣摩翻译又没听清头两句，不知是背诵的什么"福音"第几章第几节。他赶忙专心致志听讲，试验能懂多少。哪知这位博士名不虚传，大概是专在非英语国家讲道的，所以知道听众的英文程度和心理习惯。他字字清晰，句句有力，抑扬顿挫，像谈话不像背稿子，确有演说家风度。A几乎又联想到古希腊罗马那两位大演说家身上去，幸而他一发现能听懂，大为高兴，便不假思索听下去。只听博士不断讲事实，提疑问，认为爱并不是足够的，换句话说，单是爱不能解决任何大小问题。世界上的问题如此之多，一个爱字怎么能解决？A知道这不是"骂题"，而是"欲扬先抑法"，他在《古文笔法百篇》里学过的，没想到外国人不读中国古义也能会。

果然，话音一转，爱又够了。不但够，还是够得很，简直是爱无所不包，能解决一切问题，从个人到世界，什么都可以凭爱解决，比凭仇恨解决得好。可是讲了大半天并没有涉及宗教。忽然话音一转，点了"要旨"，原来足够的爱乃是对人类对耶稣对上帝的爱。这一来，什么都解决了，归结成为基督教讲道。末一句又是问句，点题："爱，够了吗？"结束。大家退场。A觉得好像听人读了一篇洋八股文；不过他差不多全听懂了，同时心中还能评论，自己庆幸自己的英文程度受了一次考试。这也许是还因为他一下子了解了讲者的思路，能够不但跟着走而且预测下文之故吧？

从路上到公寓，两人自然是从英文讨论到宗教。两人都毫无信教之意，目的只是为学英文。张说，星期日做礼拜，各教堂都用中文，只有这里是外国教堂，供外国人用的，以英文进行，当然懂英文的中国人不会受排斥。他来过一回，听讲道不大了了。这回没想到这位神学博士讲的倒能听出大意。不过两人决定以后不来了，因为怕被查究起来，不是教徒混在里面总不好。引起注意后不是赶出便是吸收，都不好。不信教的人看见他们常去，以为信了教，那也不好。

过了几天，张的主意又来了，对A说：

"学英文必须跟外国人练，不花钱的学习只有找教会。天主教的门禁森严，规矩太多；基督教的自由方便。我到青年会去过了，可是活动都是用中文，很少用英文，用英文也是中国人为主。有外国人也是练习他的中文。你看我的收获。"他拿出两本厚书和几本小册子。厚书是《新旧约全书》，中文本和英文本，小书是些"福音书"。中文《圣经》上还有人用正楷为他题上四个字："灵性之粮。"这给了A看一遍《圣经》的机会。本来他只看过世界语译的《传道书》和一本中文的《马太福音》。

张说："有一个机会还得同你一起去。这不能不先讲好。有一个小教会,是内地会吧?有一个小教堂。新来不久一个传教士,是个女的,不十分年轻,是地地道道的英国人。别的传教士在中国久了,都会说中国话。找他用英文谈话,你英文说得不好,他就改用中文,结果倒成了给他练习中国话。这位传教士新来,不会讲中国话,所以是个好机会。她在家里约些中国年轻人去谈话。所谓谈话就是听她传教。当然也谈些中国、英国人情风俗和各人情况。不过这位女士虔诚得很,动不动就跪下祷告上帝让这群'迷途的羔羊'得救。这也许是一种职业病吧?有些人受不了,怕被'救'走,便不去了。很少常去的。她越急着要救人,人越跑得快。我在小教堂里见到她,说了几句英文,她就告诉时间地点约我到她住处去。我去过一次,正遇上这样情景。出来时另一人又告诉我一些。为了学英文,这是好机会。我又想去,又怕去。你能不能同我一起去一次?两个人互相壮胆。"

"我不明白你怕什么?"A问。

"一怕她那虔诚的传教。二怕说不好英文,不知说什么。"

"我不怕她传教,只当耳旁风;只管语言形式,不问内容。说话倒也有点怕。不是没有说的,是怕我说出的是书本英文。若我同背书似的讲出阿狄生的两百多年前的英文,只怕她笑掉了大牙,好像我们听人满嘴之乎者也酸溜溜的一样。"A说。

"去一次吧。明天下午到期,两人同去,我介绍。"

在一条胡同里找到了这位传教士的待客的小厅。这位女士可能是二十岁左右,也许是神学院里得了什么"士"的学位不久。长得很清秀,瘦而不高,微有忧郁的脸色,穿一身朴素的女西服,半露着腿。她听到张介绍后,微露笑容,伸手过来,一面握手,一面表示欢迎。不错,她的英文不像中国人讲的,也不像那位博士。屋里已先有几位中国人,都是青年,其中还有个女的。没有一个像是信教的。传教士一定也知道。她的神圣使命就是要使这些人从不信仰转变到信仰。

女传教士先讲些无内容的话，无非是天气等，转而一一问客人。各人答话长短不等。那个女的答得多些，也许是教会学校的学生。张答了两三句。Ａ只答一句。他着重的是研究英国现在活人嘴上的英文同两百年前的阿狄生以及一百年前的威克斐牧师有多大的差异。结果是并未发现像中国的文言和白话那么大的不同。

闲谈不久，各人讲话轮过一巡。教士翻开了《福音》，念了一段。这正好是Ａ所知道的"山中说教"，又是"心贫者福矣，天国为其国也"。他还记得好像小时候在《华英进阶》还是什么书上见过原文和文言译文。他正想听听怎么解释。不料教士讲的是信仰，不是哲学，无须解释。耶稣是"基督"，"基督"的意思是"救世主"，他说的话还有什么问题？"亚当夏娃的原罪"，"基督上十字架为人类赎罪"，"末日审判、天堂、地狱"，这些Ａ都知道，不用她说，只要听她的英文。不知怎么她也像是在背书。Ａ觉得还是在听洋八股文。这位女士没有那位博士名气大、地位高，讲的话却像是更文些。

突然这位女士跪下了，跪在耶稣钉死的像面前。好在屋里有地毯。这几个"羔羊"也无法不跪下。Ａ想，自己小时候对祖宗磕头不计其数，还跪过孔夫子，现在又来跪耶稣这个外国人，未免不大好，但也不能独自在沙发上坐着不睬，只好也下地来半伏在沙发上。再一看，除了那位外国女士以外，没有一个是认真正式跪着的，包括那个女学生。这比求神拜佛的差远了。

女传教士轻轻地又清晰地祷告上帝拯救这些羔羊。这好比上课，学生不回答问题，先生不放过。为了让她站得起来，有人领头讲了几句不清楚的英文。接着一一轮流。张说了两句感谢教士蜜丝什么为大家祷告。到底是有过一次经验，他说得很得体，也许是事先准备好的。那个女生的英文说得不错；也许是为了卖弄,她的话多些。A一看不过关不行,连忙说了两句:今天初来,第一次听到"福音",衷心感谢。谢什么?谢谁?他没说,也说不出来。轮流完了,终于是一声"阿门",女传教士带着大家站了起来,面有笑容,说了几句话,并约下星期再来,又一一握手。A从不曾同女的握手,这回来去各握一次,真是初次。是同外国年轻女人,又是一连两次,真是预料不到的。外国礼节当然对外国人用,这却也合理。

此后张还和几个不同国籍的外国人交际,谈话,可是青年A在接受两次传教以后对他宣布:以后恕不奉陪。张每次接触外国人的情况都详细对A说,有时惹得A捧腹大笑。外国人也是各式各样的,不能一概而论。

青年A觉得两人在一屋内总要讲话,对双方都不利,提议分开。张无论如何不答应,说他一个人孤零零冷清清过不惯。又过了些时,A还是搬走了,是当张不在屋时偷偷搬出去的,搬去同考北大的赵的一个新来考师大的同学合住。两人住一间小房,约好互不谈天。搬走时A给张留下一张道歉的条子,最后一句是:"一千个对不起!"

张后来见到A,也没有责怪他,反而说:开头几天真过不惯,现在好了,每晚念书。倒亏得这一分开,锻炼了他独自一人闯荡的能耐。

这个爱活动的乐观派,没有上北大,却自命为北大学生,参加了北大学生的许多活动,包括"九一八"以后的南下示威以及歌咏队。"七七"以后,他去了延安。有人说他还在延安宣传世界语。四十年代初期,他到西南"大后方",据说是活动得太暴露了,遭到了反动派的杀害。

为什么这样一个天真无邪活蹦乱跳的青年却会有人要害死他呢?

绿色的蓓蕾还没到"含苞欲放"就被罪恶的手掐去了。他用口琴吹笛子曲"梅花三弄"第一弄"寒山绿萼"成了自己的象征,一朵没有开放的梅花。

他的口琴声和笑声是不会消灭的。

十五　数学难题

旧历年前家里又汇来一百元，青年A买了一件奢侈品，一只闹钟，花了几块钱。他感觉到不知时间太不方便了。钟表之中只有这是最便宜的。

他决定早起，按时起床，充分利用闹钟。头几天果然很灵。闹钟铃一响他便醒了。后来渐渐不灵了。他便把钟向床前移近些。又过些时，又不灵了。于是索性将钟移在床头凳子上。再过一段时间，只有把钟放在枕头边上才能闹醒他了。他夜里除写什么以外，总是十点钟以前睡下，上床五分钟内睡熟。第二天能睡到八点，足足十小时不醒。中午当然从不睡午觉。为了维持八小时睡眠，闹钟针一直指着六点响铃。

有个星期日，青年B来看他。已经过了八点了，他还在呼呼大睡。枕头边有个闹钟，正在他耳边。这时他是一个人住。

"真能睡。"青年B说。

青年A醒过来了。一看人，再看闹钟，说："奇怪，钟坏了吧？怎么没闹呢？"一试，原来闹过了。

青年B大笑，说："你头枕闹钟，都吵不醒你，只怕打炸雷也未必能把你震醒。"

他能睡，还自己宽解，引清代纳兰容若（性德）的回文词句：

"醒莫更多情，情多更莫醒。"

其实他还不懂什么是"情"。看《红楼梦》中的联语，太虚幻境的上联：

"厚地高天，堪叹古今情不尽。"

他同样不大懂。《红楼梦》，他十四五岁时在家中看过木版印的；从此没有再从头到尾看过，只是东一处，西一处，片断地看。他认为黛玉的泪只洒给一个人，而宝玉的情却像泉水一般流出来，无孔不入。这两个人是两种情，而且并不一样"痴"。作者自己说是写生平所见女子，可见宝玉不过是个穿针引线的线索，又是不止一个人合起来的。看来写的不是什么宝、黛，甚至也不是贾府，所以不必从头到尾看一遍又一遍。这同《儒林外史》《镜花缘》是一类写法，也是差不多同时的作品。他实在不懂那写的是什么情。看了些外国小说译本和当时中国人的创作也没能懂这个情。上海那些"哀情""艳情"之类小说，什么《玉梨魂》等，他都当成是写文章。人世间他只知道自己的妈妈对他有母子之情，离家以后逐渐感到有朋友之情。他不相信这以外还有什么情。他在书中看到的不算，听来的和亲眼见到的，如心园对什么"之"以及张对那两姊妹，还有许多别人，都不像是什么爱情。他认为所谓爱情只是想象的产物，实际上完全不是那么一回事。

朋友们都笑他这种看法，认为是年纪太轻之故。

他听说有个大学生，黑龙江人，为了失恋，跳北海自杀被救。有人同情，有人还讥笑，说是做给女方看的。当时"失恋"是个时髦字眼，诗和小说中常有。女的怎么样，他不知道；男的有不少人也喜欢这样嚷；他以为这是嚷给别人听的。报上的"情死""情杀"新闻，他以为是记者做文章。不过有人嘲笑失恋，他又不以为然，便写了一首新诗表示对跳北海这个人的同情和安慰。其实男女双方他都不认识，而且他对维特是向来不表同情的。不料有人拿他的诗去在那个学生的大学的校刊副刊上发表。女的是否看到，看后怎样，他不知道。男的却由此和他成了朋友。两人不谈这件事。他也没看出那位朋友的"情"是怎么回事。

青年 A 觉得青年 B 对他有友情，杨克对他的也是友情，心园的和张的当然更是友情。即使有个女的对他好，他想那也不过是这样的友情，没有什么特别。

有一天早晨，他估计杨克也许走了，便去他住处看望。哪知杨克起来不久，一见他，很高兴，说：

"我还不知怎么去找你。我一两天就走。你来得正好。'辅仁寺'不必去了。吴山忙得很，又是考试，又是论文，我去见过了。"

杨克约他到不远处一家新开的豆浆牛奶铺去吃点什么。一路谈话去，当然都是用世界语讲。

"豆浆在世界语该叫什么？可不可以叫豆奶？"青年 A 问。

"从前中国人在巴黎开过豆腐公司，用法文给豆腐起名叫豆酪。英文也是一样吧？"杨克说。

"中国有些东西外国没有，不知该怎么说。从前我在家时，有个在外面上大学的青年回来拜望一位老前辈。老人问他学什么。回答是学英文。老人手捧水烟袋，便问他这用英文怎么讲。那学生在书里没念过，答不上来，便说英文里没有。老人不满意，说，连这个极平常的水烟袋都不知道，还说上大学学了几年英文。又有个人不知痰盂英文叫什么，被问住了，只好说外国人不用痰盂，不吐痰；实在要吐，吐在手帕里。这两个词，我问过世界语者蔡同志，他立刻讲出两个英文词，说那是那两人的英文没学好，只知道死读书；又告诉过我世界语该怎么说。"A 说。

"从中文翻译也有难处。有人遇见另一个人说'他（她）来了'。一个外国人在旁问说什么。这人译成男性的他。结果来了个女性。外国人非常惊异，怎么这个人连男女都不分，简直不能明白，只好哈哈大笑。"杨克说。

两人这样从路上谈到小店里。这店只有一小间门面，里面有几个客人。他们两人高谈阔论，旁若无人。牛奶喝完了，站起身来要走。邻座过来一个青年很客气地问他们：

"对不起。请问先生们讲的是不是意大利语？"

两人对望了一眼。杨克回答："不是意大利语，是世界语。"

"啊，世界语。听起来好像意大利语。"

"你会意大利语吧？"青年Ａ问。

"我学唱歌，学了意大利歌曲，可是世界语的歌没听过。"

三人一同谈着出了小店。杨克道：

"对不起，我一两天就要离开。你对世界语有兴趣，以后可以找他谈。"指了指青年Ａ。

两个新朋友交换了地址和姓名以后也分别了。

过了些天，青年Ａ想起杨克已经走了，去看看那位对世界语有兴趣的新朋友吧，便又到那一带，找到那个地址。

那是一个大空院子，可以踢球，只门口有两间房，院子里边尽头有一排房子。看门的是个老头子，问明了，向里一指，让他进去，又关上大门。他大概只管看守门户。

走到临近房子时，听到有钢琴声音，还唱外国歌曲。不便打扰，就站在有声音的那间屋门口。别的屋子门上有锁。

里面的人偶然发现门窗外有人影，便过来开门看。一见是青年Ａ，笑了，很高兴，说：

"我正在念叨你，想到怎么去找你。我这里不便远离，所以盼你来。你今天真来了。你那位广东朋友走了吧?"

"你怎么知道他是广东人?"青年A记得杨克并没有说籍贯。

"他一口广东音还能听不出来?请坐。别客气。"

这间屋里除了一台钢琴像个样子以外,无论桌子、床铺、椅子、地上,连那唯一的旧沙发,都是未经整理的。确是一个单身汉的住屋,连学生宿舍都不如。

谈起来才知道,他是北京大学物理系毕业的,却又爱好音乐。先从音乐家刘天华学过二胡,后来又学钢琴。最近有人从意大利学音乐回来说他应当学唱,于是他又唱歌。他的耳朵特灵,是仗了音乐和物理学的训练。有一次语言学家赵元任教授听一个什么钟声,记下谱。他也在旁听了,也记下来,被赵看见了。两人记得几乎不相差。也许是因为赵同样是学音乐和物理的吧?赵劝他学语音学。他是苏州人,会讲几种方言和外国话,不过舌头还比不上他的耳朵。语音学家刘半农(复)把他拉进北大的语音乐律实验室当助理。他本来中学也没念完,在上海一家外国木厂学徒,认识很多木材。仗英文好,得到主考的外国人特别赏识,进了唐山交通大学学工(那里一切课都用英文),以后转到北大学物理。

"你这里是什么地方?也属北大吗?不像是什么研究室。"A问。

经他解说,A才知道,这是西北科学考察团,是中外合作的。团长是中国人徐炳昶教授。团中主要的外国人是著名的中亚探险家瑞典的斯文赫定。他们从新疆搬来了不少古物。中国人要在中国研究,斯文赫定要运到欧洲去。古物照规定是不能出国的。两方相持不下。瑞典人气走了,到南京转回欧洲施加政治外交压力去了。考察团等于瓦解。这些箱古物存在这几间屋子里,需要有个人看守。什么事也没有,但责任重大,还得懂点行,出三十元一个月,找不到人。把他从北大拉来暂时干这个没有事做的事。正好他愿意独占一个大院子,一所房子,又懒得做事,便从学生宿舍搬来了。空荡荡的,正好练琴唱歌。

"我喜欢的是音乐和爬山,还喜欢学语言,因为不费脑筋。我身体是外强中干,活不到三十岁,加入人寿保险最好,可惜还没有老婆孩子领钱。"他补充说明,笑了起来。"活不久,只好捞本了。所以我一有空,就出去爬山;五岳名山以外还去过几处,独来独往。你知道有个百花山吗?在河北省,还很少人去。我没有伴,你年轻,给我做伴去爬山吧。将来有机会一同去西北,去新疆,好不好?"

青年A很惭愧,这位朋友喜欢的他一样也不会。有志登山,却从未上过高山。他看这位朋友这股劲儿,怎么也不能相信他会早夭。那时他们都不能预料,不但两人都活过了三十岁,而且这位登山爱好者到八十岁还能到处跑,只要能动就不忘游玩。他的音乐爱好转移到中国古琴上,以古琴谱娱乐晚年。西北的居延汉简留在北平。"七七"抗战开始后,这位朋友在日本占领军的鼻子底下,用走私办法"盗运"到了天津,又去上海,转往香港。他还在香港大学图书馆给这些汉简一一拍照存底。恰好他又是个摄影爱好者,有技术。他一生好交朋友,却从来不说自己的事。他做的事只有他的好朋友才知道。

"我是个懒人,这里对我正合适,什么事也没有。这些大木箱里都是大石头,不怕小偷,只怕大盗。但得有个人负责。我在这里只有一样不好,不能离开。看门人只管看门,不管箱子。好在过不了多久,等古物有了保管和研究的地方了,我仍然到北大去,借调查方音可以跑许多地方。怎么样?你也来玩这一行。学语言不费脑筋。你喜欢游历吗?我正缺个伴。"他又提一次做伴,这对他比学世界语更重要。

虽则两人的差别很大,却能谈成朋友。主人邀他同去吃饭,青年A没有应允。主人坚决预订他下星期日去。

"我也有不在屋的时候,但星期日总留在家等你。还有两个朋友也会来。讲定了。哪个星期日都行。最好下星期日就来。"

又过了一个星期日,青年A才去。一进屋就见到另有一男一女在座。一看见他,都站了起来。

"你让我们白等了一天。今天再不来,我要骂你了。"主人开口便笑着说了这句话,随即介绍那两位客人。男的个子高些,瘦长条子,头发真乱得可以,上唇还留了一点胡子,讲话带点广东音,穿一身灰西服,也不很整洁。女的穿银灰色连衣裙,腰间束了一条宽带子,身材不高,圆脸。她也是广东人,在北京上过小学,所以能讲一口北京话。男的是北大数学系毕业,现在教中学,也爱好音乐,会弹钢琴。女的学画,从一个私人学油画,目前还在画炭笔素描打基础。

这些情况是青年A逐步从谈话中知道的。主人并未作详细介绍。他们谈话海阔天空,却不谈私事和私人关系。四个人都好笑,好讲笑话,听不可笑的话也能笑得起来。女的一笑会眯着眼睛低一低头或则摇一摇头。她仿佛自命是男的,但笑里面还带女的神气。

主人提议吃炸酱面,于是一同到了一家饭铺,找张桌子,各霸一方。恰巧青年A和那女的坐对面,不由自主便多看了她几眼。不但她,连另两人也毫未觉察。

这家炸酱面果然很好。边吃边谈,没有一句正经话,但正经话就夹在里面。用A的话说,这就是正经话当笑话讲,笑话当正经话讲。他的"打官话"的议论特别得到那位广东数学家的欣赏。他虽然是新交,却好像也是老朋友,老同学。女的像是早就认识他一样,一点不拘束。他们一句不问青年A的境况。这几人都互不打听个人情况,只在谈话中流露一句两句。

吃完回去时，四人已成为好友了。约定星期日再来。

"星期日若有人找我，我就不能来。"青年 A 说。

"不是星期天也行。这里总有人。我也常来，不一定是星期天，我不是天天有课。实在没人，你可以叫看门老头开门进屋。"女的抢先回答。另外二人有默许的神气。

听女的这口气好像是半个女主人。

又一个星期日，青年 A 又去见这新朋友。果然那一对广东人也在。又是热闹一番，仍然主人请吃饭。不过不是炸酱面了，换了一个地方。大家毫不客气。

吃完回去后，更熟了。女的忽然对青年 A 说：

"你该取个名字了。叫什么好？你自己选定吧。"

"取什么名字？我自己有名字。"青年 A 茫然不解。

"你还不知道呀！"她眼望了一下主人，"你没跟他讲吗？"转过来对 A 郑重其事地说："我来介绍。"指主人，"这是阿尔法"；指另一男的，"这是贝塔。"没说她自己，就问："你想叫什么？"

青年 A 一听，这不是希腊文字母的头两个字吗？便毫不踌躇地说："那我叫伽玛好了。"这是第三个字母，他没算上女的。

"不行，不行，伽玛另有人了，在日本东京留学哪。"阿尔法说。

"他是亚芒，你记住。"女的说。怎么《茶花女》里的人物也出现了？青年 A 不知那也是绰号，另有缘故，牵涉另一个女的，扮演过茶花女角色。

"那么，我叫俄美加吧。"青年 A 记得这是最后一个字母。

女的抢着说："不成，那也有人。你不能叫。我给你命名，你叫'派'吧。"

"不接受。我不是无限不循环小数，我不充当圆周率。我不受你的'派'，你'派'不到我。"

"那就以后再说吧。"主人阿尔法赶忙息事宁人。

青年Ａ却并不轻轻放过，反过来问那女的："请问你叫什么？"

女的没回答，也没笑，也没气。

阿尔法替她回答："她叫迷娘。"

青年Ａ知道迷娘是歌德那部长篇小说中的一个插话中的人物，是个女穿男装的少年。这个字本是"小"的意思。想必她就是俄美加，便不说话刺她了。

这次散后，青年Ａ又有一些天未去。

有一天青年Ａ正在街上无目的地走，观赏街景，忽然身后来了一辆自行车。车冲到他身边，车上人跳下来在他肩上拍了一下。

他猛一转过脸，原来是那个迷娘。

"今天抓住你了。跟我走。你跑不掉了。"她说。

青年Ａ想着是到阿尔法那里去。他没有事，可以去，但还得问一句：

"你骑车，我走路，怎么一起走？"

"我推车陪你走。"她说。又问："你会骑车吗？"

"不会。"那时他还没有从张学会骑车。

"你应当骑车。这样走路多不方便。我教你。我这车是二六女车，你用它学，准摔不倒。"

"我没钱买车。"

"我可没法用车带你。你又不能骑车带我。我只好推车陪你走路，比你还费劲。你——"她没有说下去。

青年Ａ想，大概是要说，"你过意得去吗？你来推车吧。"可是自己没推过自行车，不便充好汉，只得不作声。

迷娘又同他说了几句无关紧要的话；他才忽然发现方向不对，这不是去阿尔法那里的路，便问："你带我到哪里去？"

"不用问，不会把你拐去卖了。"迷娘笑了。

忽然转进一个小胡同，两人加一车并行，差不多要把路堵塞了。幸而胡同里没有人，女的仍然紧挨着男的并肩而行。男的也没觉得，没退让。

"到了。"迷娘用自行车顶开一家的小门，推车先进去。门太小，男的停一步退后，随即跟着进门。

这是一个小院子，三面都有几小间房子。看来也是个小公寓，每间房都有门朝外。

迷娘把车推到一个窗下锁好。又打开门上的锁。

"你在这里等一等。"她开门进屋，把带来的人关在门外。

门窗上糊着白纸，窗上一块玻璃里面有花布窗帘，屋内什么也看不见。门框上挂着一小块木牌，上写着名字，真是迷娘的译音，不过换了另两个字，加上一个姓。

青年A呆呆站在门前，忽听身后院门开了。回头一看，又进来一个女郎，也是推着车，对他望了一眼，把车推在隔壁窗下，开门进去了。

另一边的一扇门开了。一个女的探出半身，捧了一脸盆水，刚要倒，一看有人站在那里，连忙转方向朝另一角上泼。就这样已来不及，还是有些水滴洒上他的鞋面。那女的也只二十来岁，对他微笑了笑，点一下头，仿佛道歉，又关上了门。

院门又开了。进来两个年轻姑娘，谈笑风生，不理睬他，走过另一边，各自开门进屋。

这明显是一处女子公寓，他好像到了女儿国。只怪这个迷娘进去不出来，不知在屋里摸索什么，把他放在自己门前展览。想推开门或是敲门问一声，又觉得男女有别，虽是见面熟，但嘴上开玩笑不妨事，行动得慎重。这又是女子住的公寓，尽管没有标出名字，没有招牌。

房门开了，迷娘出来了，笑嘻嘻的，也没道歉，只说：

"走吧。"

青年Ａ明白了。她在屋里换衣裳。来时是一身西式衣裙，现在改穿旗袍了。她大概是不常穿旗袍的，袍子像是新从箱子里取出来的。

她也不骑车了。两人并肩走，一穿长衫，一穿旗袍，都是蓝布的。

少不了路上又讲些笑话。青年Ａ微微感觉到她比先前严肃了，不过还是紧挨着他走。她还沿路指指点点，自认老北京，教导这个新朋友。

到阿尔法那里，贝塔也在，又是四人一同吃饭。

好像成了例规，四人一桌，迷娘总是和青年Ａ对面坐。有一次两人不觉同时抬头对望，四目相视。青年Ａ赶忙转眼看菜；不知是否幻觉，似乎瞥见迷娘脸颊上闪过微微的红晕。照说这是不会有的。他再也不敢对她正眼望了。另两人好像从不注意这两人的神情，谈笑自若。

又一次，青年Ａ在街头碰上了迷娘。

她跳下车来说："又抓住你了。跟我走。不管你有事无事，跑不掉。"

青年Ａ以为下一句是："再到我那里去，这回请你进屋坐。"可是她没说。

街上人多，她推着车，仍是肩挨着肩。

"你就这样看着我推车吗？"她忽然说了一句似乎怪罪的话。

"那你骑车吧。"

"我骑车，你好跑掉，没那么便宜事。"

这才怪，应当是骑车的跑掉，走路的追不上，她却把话说反。青年Ａ一点也没明白过来。

"你安心遛我。"她又说。

青年Ａ明白了，心想，下一句是："你这人真笨。"然而迷娘说出的却是："你不会骑车，推车也不会吗？你来推。不会推，我教你。我给你保险。"她当真一侧身将车把塞过来给Ａ抓住，她还用两手扶住Ａ。两人一前一后，差不多紧贴着。这里马路宽，车和人都不多。没人注意他们的表演。青年Ａ一心只忙着怕车倒下去，顾不得想这场面。

"这样不行。"迷娘大约先觉察到了这样不大好，可能她这样紧护着Ａ长久了也太累。她停下车，一只手扶把，从车前转过去，和Ａ分列两边，各扶车把的一端，两人由此分开了。实际上是她用一只手扶车把推车，Ａ只是装装门面。这样更累，她倒不说什么埋怨话。

又走进一条胡同。青年Ａ发现路不对，不是上阿尔法那里去，更不是去她的住处。

"你带我到哪里去？"

"你不用管。不会卖掉你。小孩子跟大人走，没错。"

"你才是小孩子。"Ａ有点动肝火，心里说，"我当你是个妹妹，你倒要充姐姐。"但嘴上没说。

"我比你大，叫我一声姐姐。"迷娘笑着说，但笑声高而话音低。

"你比我小，你是妹妹，叫我哥哥。"他偏不让，不过也把话音压低了。这是因为在路上走着这样讲话会被人误认为吵架。

这样争论谁大谁小又走了些路。忽然迷娘停下车，转身到左边来，抓住Ａ的那只手拉开，自己扶把，说："到了，不用你帮了。"领先进了一座大门。她脸上出现过一种惋惜表情，对Ａ望了一眼，好像是认为刚才这段路还不够长或是Ａ太孩子气。但Ａ一点没看出来。

青年Ａ看到门口有个牌子，上写"大同中学"，明白了。

门口传达室的人多半是认识迷娘吧,没有问找谁。迷娘直闯进去,A在后紧跟,转进一个院子,听见一间房里有钢琴声。迷娘把车一靠住,推开门就进屋。

青年A追进去,看见贝塔正坐在琴前,又听迷娘笑着说:

"抓来了,送来了,完整无缺,请你照收不误。"然后她大笑着向床上一仰,说声:"累坏了。"好像还真有点喘气。

贝塔一人住一间屋。床和桌椅以外是一台钢琴,一个小书架,上面都是洋装书。

原来他们两人约好了要邀请A去这里认认门,好自己去;却不料是这种邀请方式。这不用说又是迷娘的把戏。

A望了望架上的书,除最下一层是中文数学书以外,上面全是外文的。他看有一本是笛卡儿的,以为是哲学书,抽出一看,是一本法文的数学书;又随意抽一本,是德文的,仍然满纸数学符号、公式;再看有英文的,还没抽,迷娘从床上坐起来喊:"不用检查,没你看的。你跟我一样看不懂他的书。除数学以外,什么也没有。音乐书都在阿尔法那里。"她嘴边隐隐要说什么话,却没有说出声音。A猜想是:"你能看的书我有,可我不给你看。"便对她笑了笑,也不点破她。毕竟她是个女的,不能太不拘形迹了。这种人一下子过于亲密,惹恼了,怕不好办。这当然是A心里的话。他完全不了解人家的打算和迷娘的复杂心理。迷娘的心思他一点没懂。越是这样,迷娘越要逗他,却不是为好玩。

"以后你可以自己到这里来。"当贝塔出去取开水时,迷娘对A说。接着又是一句:"你在阿尔法那里可以找到我。"A一想,可能还有没说出的话是:"我不常到这里来。你可以常来。要见我就到阿尔法那里去,也别去我住处找。"果然迷娘自己证实了他的猜想。接着她又说:"我整天不在屋里。这里是中学,太吵闹。"A

想，可不可以请她到自己公寓去？马上觉得这种想法本身就不对，若说出来，更不对了。奇怪，为什么自己会有这想法？

以后青年A见迷娘多半是在阿尔法处，很少在贝塔处，也在街上又遇见过几回。熟了，他倒不觉有什么不同。可是意外的事发生了。

几个朋友在青年A的公寓房间里。其中有一个人说：

"我要揭穿一个秘密，A有了女朋友了。我亲眼看见的，肩并肩，紧挨着在街上走，有说有笑，可亲密了。所以我不招呼他，不打乱人家。可是他瞒着我们，这不对。今天要他报告经过。什么时候认识的？在什么地方？是在图书馆里吗？怎么谈起恋爱的？"

"没有的事。别胡猜乱猜。"青年A着急了。这样的发现他本来早该想到的。但对他还是出乎意外。他知道这指的是迷娘，没有第二个人。他觉得提到恋爱等于犯罪，涉及迷娘更是弥天大罪，简直无地自容。

"你赖不掉。我也看见过。跟你一样高，圆脸，短发，穿西装裙子，对不对？"又一个人说。

"是个女朋友，是朋友的朋友，甚至是朋友的朋友的朋友。和我不相干。你们千万别胡扯。传出去不好。"A说。

"有什么不好？你干吗着急？恋爱是光明正大的事。大丈夫何必偷偷摸摸的，怕人知道？在街上那样亲热还怕人知道？"有一个人说。

"人家是有对象的，也是我的朋友。我是从朋友那里认识他们两人的。不过她人很大方，随便，就被你们看错了。她还拿我当小孩子开玩笑。你们想到哪里去了？"青年A不得不全盘托出真相，企图说服大家。他真怕在街上又碰见时别人说出什么，迷娘会生气和他绝交。他为什么会这样怕，自己也不明白。是怕阿尔法和贝塔吗？自己先还没有想到这一点。他最害怕的是迷娘生气。

可是这一来,他倒也起了疑心。迷娘当然是和贝塔好,可是为什么又和阿尔法那么亲密?而且偏偏在大马路上,在小胡同里,在她自己住的公寓里,甚至在贝塔的中学里,表现同Ａ自己也是好朋友?对这些,不但阿尔法,还有贝塔,好像不但视而不见,还大有赞许之意。这是为什么?这真是希腊字母之谜,是不可解的高等数学公式了。

有一次在阿尔法那里,男女有许多人,闹哄哄的。Ａ饮了半杯橘子水在桌上放下。迷娘过来,口说"真渴",伸手拿起杯子。Ａ忙说:"这是我喝过的。"迷娘对他把眼一瞪,举杯一饮而尽,也不理他,又和别人笑闹去了。Ａ不明白她究竟是什么意思,在心里也一直是个谜。

为什么贝塔和迷娘不宣布结婚呢?青年Ａ当时以为是他们相信一句不知什么人说的话:"结婚是恋爱的坟墓。"当然这不会是真正的谜底。

这个谜底,这个数学题的答案,其实是很简单的。青年Ａ在少年时曾被误会为同一个女的"双回门",此时又被半有意半无意地安排成为几角的一角,这些都是为迷惑人的耳目的。迷娘这时用的是她母亲的姓,名字也改了;过了一些年才恢复读书时的原名并再用父亲的姓。那时才公开了她和贝塔的名分。那时她的民国初年当过公使的父亲已经去世,国民党时期曾经显赫一时的舅舅也已被刺死了。至于青年Ａ等人喜欢她,她也喜欢这些人,这是很自然的事。照青年Ａ的理解,这都是友情,不是小说诗歌里的那种所谓爱情。

当然这时青年Ａ还不知道这难题的答案。这要等到多少年以后。

这时青年Ａ正在想攻打数学堡垒。他受到阿尔法和贝塔的鼓吹,打算去北大也听听课。贝塔极力说他有数学头脑;即使不能正规学数学,也可以大致学一遍数学的理论和内容,并且自告奋勇要当他的数学导师。于是青年 A 真以为自己能学数学了。至少是还可以学点大学里教学的东西。他的"家庭大学"和"课堂巡礼"还可以继续下去。不过他向贝塔问到北大数学系的猜谜的赵时，贝塔不知道。他毕业早。

一九三一年夏天青年 A 过得很高兴。

然而"不由人算"。先是哥哥来信说，家乡发大水，淮河大泛滥。信上说，又同那年一样，城墙上可以坐着伸腿到城外洗脚了。家里无法再接济他了。最后这几十元可以用作路费回家，自然还得在水退以后。信中末尾说："我们兄弟几乎不能见面了。现在也还只能有一半希望咧。"哪知这一半也没有。他没有回家。再过两年，哥哥便去世了，再也见不到了。城门边送行那一次便是最后的见面了。

更大的打击还有。

有一天，他走在街上，忽听大声喊："号外！号外！"他一抬头，前面墙上已经有人贴上了一张，下面有许多人围着看。他赶过去，挤上前，只见特号大字是：

日军突占我沈阳

他觉得一瓢凉水从头上浇下来，一直凉到了脚后跟和脚趾尖。他这一年多的一切幻想都同肥皂泡一样破灭了。

"九一八"和"五四"一样，都是些数目字，都是人类历史出下的数学难题。

历史出的难题只有由历史本身去解答。

历史是无穷无尽的，又是无头无尾的，不能从中截断说是结束。

人生也是这样。但个人的生活是有尽的，随时随地可以结束，只留下一些投向未来的影子。

青年 A 和他的所见所闻也是这样。没有完也可以算完。

正是：

真真假假寻常事

雨雨风风一代人

1984 年冬

图书在版编目（CIP）数据

难忘的影子 / 金克木著. -- 北京：北京联合出版公司，2022.6
ISBN 978-7-5596-6092-3

Ⅰ. ①难… Ⅱ. ①金… Ⅲ. ①长篇小说－中国－当代 Ⅳ. ①I247.5

中国版本图书馆CIP数据核字（2022）第049805号

难忘的影子

作　　者：金克木
出 品 人：赵红仕
策　　划：乐府文化
责任编辑：龚　将
责任印制：耿云龙
特约编辑：春　霞
营销编辑：云　子　帅　子
书籍设计：鲁明静

北京联合出版公司出版
（北京市西城区德外大街83号楼9层　100088）
北京联合天畅文化传播公司发行
北京美图印务有限公司印刷　新华书店经销
150千字　710毫米×1000毫米　1/16　12.75印张
2022年6月第1版　2022年6月第1次印刷
ISBN 978-7-5596-6092-3
定价：58.00元

版权所有，侵权必究。
未经许可，不得以任何方式复制或抄袭本书部分或全部内容。
本书若有质量问题，请与本公司图书销售中心联系调换。
电话：010-64258472-800